私版 京都図絵

TsutOmu MiZukaMi

水上勉

P+D BOOKS
小学館

目次

六孫王神社界隈

八条通りをまたぐ唐橋は、危なっかしい手すりのない階段を降りないと、通りへ出れなかった。梅小路の貨物線と併行して通っていた東海道線の下には、当時（昭和二年）も隧道はあったものの、天井から滴の落ちるような暗い道だし、牛の糞がいっぱい落ちていて不潔だった。それで、唐橋をわたるのだが、木桁の上に土を盛りつけただけの橋だから車が通ると大きくゆれるのだった。八条通りは坊城にきて、六孫王神社の森と社殿が梅小路の線路の垣までのびていて、唐橋の上から眺めると、東寺の屋根と向きあって社殿の大屋根がそびえて見えた。東寺前から商店街は片側町になり、神社の塀に沿って深い泥溝が流れていた。その泥溝道の、坊城の角から二軒目に、伯父の堀口順吉が下駄屋をひらいていた。母の兄である。

下駄屋は間ぐち二間。奥ゆき四間ぐらいで、表の板の間が店で、三尺の三和土に、伯父は箱のような坐り台をつくり、カンナ屑が下へたまるように仕組んだ仕事場にすわりづめだった。三和土には近所から集めた古下駄が、縄でくくられていて、伯父はそれの歯をさしかえたり、鼻緒をすげかえたりしたのである。附近は貧しい家が多かったので、盆、正月がきても、下駄を新調する家はめずらしく、殆どが、古下駄を洗っては、修繕して履いた。店には、三尺のウインドウ、といっても、店が透けて見えるガラス戸のはまった陳列棚があって、利久下駄や、朴歯（ほおば）の柾目（まさめ）のあざやかな男下駄、塗りの高下駄などがならべてあったけれど、めったに売れるのを見たことがなかった。売れるものは、入口に紐をたらし、それにくくりつけてあった。特価品の八つ割り、杉下駄ぐらいで、伯父は古下駄直しのあいまに、新品をつくっても、それは風呂敷に包んで、よそへ納めていた様子だった。

　母より七つ年上だったから、私が九歳で京都にきた時は、伯父はもう四十だった。猫背で、人の好い顔をしていたが、日がなすわりづめる仕事なので、どこやら生気がなく、わらうと黒くなった銀冠の前歯がのぞくのも淋しかった。

　肥ったおばがいたが、同じ若狭出身で、伯父は、十九歳のおばを小浜の奉公先で見染め、家出同然で京都にきて、この店をひらいたということだった。従兄姉妹が四人いた。従兄は私より五つ上で、娘たちは三人とも私より下であった。

　九歳の時、相国寺（しょうこくじ）の塔頭（たっちゅう）の瑞春院（ずいしゅんいん）へ小僧に来た時、父につれられて、私は丹波口駅で降り、大宮から唐橋をわたって、はじめてこの坊城の家に泊った。冬のことであったので、店の二階の窓から、六孫王神社の森をへだてて、梅小路の貨物駅から、引込線を入っては、出てゆく機関車の音と、時に車輛が連結したり、はなれたりするガチャーンという音が、夜空にひびいた。この音は伯父の店だけでなく、六孫と人もよんだこの貧民窟界隈のシンボルだった。東海道線も通っていたから、急行が走ると、やはり、地面がゆれた。

坊城の角は漬物屋、伯父の店をへだてて、隣家は藤田という洋品店。細君は産婆だった。その次がまた漬物店、つづいて、薬屋、駄菓子屋、八百屋などの店先が、泥溝に面してならんでいたが、どの店にも、赤い腰巻を蹴出しからのぞかせる細君がいて、しょっちゅう集まって、笑っていた。零細な商売だけれど、喰ってゆけるだけの商いはしている連中で、収入にも大きな差がないから、家ごとのつきあいだったようだ。日がな伯父の仕事場にきて、動かぬ閑な人もいた。

十歳で寺へゆき、十三歳で第一回の脱走をするまでによく、この伯父の家へ逃げてきたが、伯父はこっぴどく私を叱り、寺へもどれ、といってきかなかった。寺に辛抱さえしておれば、中学校へゆける。田舎へ帰ってもおっ母が苦労しているのだから、つらくても寺にいて、中学校出てから家出してこい、というのが伯父の口ぐせだった。何どか、心をきめて逃げてきたものの説得されては相国寺へ帰った。衣を着て檀家まわりもしたので、その都度、坊城へ寄ったが、衣を着ていると、伯父は安心したようにわらい、学生服でゆくと、けわしい顔をした。どんな時でも、仕事場にすわった姿で、背をまげて、古下駄の歯をけずっていた。

瑞春院から、等持院にうつり、花園中学を卒業する年まわりに、師匠の死にあい、私は二回目の脱走を果した。十八歳だった。中学を卒えていたから、伯父は、しぶしぶ顔だが泊めてくれた。私は、寺の生活に倦きた。苦学し立命館大学へ入りたいのだ、と伯父にいった。

「働くといっても、そうそう勤め口があるかいさ」

と伯父はいった。いまのように、アルバイトの口はないのだった。新聞配達か、牛乳配達がよりどころだったが、それもすぐ口があるというものでもなかった。口入屋(くちいれや)といって、のれんをたらした私設職業紹介所のような店が、そこらじゅうにあったが、苦学生の口などの斡旋はなくて、ほとんどが、娘の女中奉公だとか、水商売の世話だった。ぶらぶらしていると、おばの顔もけわしくなり、伯父もそのおばの尻に敷かれていたので、私につれなく当った。

十日ほどしたころ、一軒置いて隣の薬屋に、店員募集の貼り紙が下った。西村才天堂という薬局で、主人は肺病で二階で寝ている話はきいていたが、主人の親爺さんが、店の裏でつくるむぎわら膏薬は有名で、界隈の荒物屋や、駄菓子屋にまで卸し売りしているのだった。伯父は、すぐに交渉にいってくれて、私の傭(やと)い入れを契約して帰ってきた。

「大学へゆきたいのなら、夜学ならゆかせてやるというてはった。朝早ように店へ行って、自転車で膏薬を配達したり、配達のない時は店番するか、帳面つけしてればええそうや。めしは三食喰わしてもらえるから、泊るのはうちにしたらええ」

と伯父はいった。願ってもない就職口だった。私は翌日から、西村才天堂の店員になった。

膏薬の製造元といっても、ここも間ぐちは二間の店で、ふつうの薬局と変りなく、洗濯石鹸や化粧品まで置いていたが、奥の六畳で、隠居さんとよぶ主人の親爺さんが、むぎわら膏薬をつくるのだった。七輪に炭火をおこして、土鍋をかけ、その中にイーチオールと松ヤニを溶かしたどろどろしたものを煮こんでいた。よく煮えると、竹ベラでまぜてから刷毛でヘギにぬり、二つに折るのだが、塗った膏薬がひっつくので、むぎわらを箸の長さぐらいに切って、はさんで、紙こよりでしばるのだった。表には和紙に木版刷りの文章で、

「うちみ、やけど、りょうまち、神経痛によろし、西村才天堂謹製」

とあった。十枚束にして、五銭だったか十銭だったか、定価はわすれた。これを私はボテ箱に入れ、自転車に積んで、遠くは十条、鳥羽、久世、伏見まで、売りに行った。店へ委託しておいて、一週間目に訪問して、売れておれば、その数だけ足して帰り、月末に集金するといった仕組みで、雨が降っても、雪がふっても、約五十軒近い店へ卸し歩いた。この年の春に私は立命館大学専門部文科に入学した。卒業すると、中学の国漢の教師の免状がもらえる、というのが私の夢だった。

伯父の家から、才天堂へ通い、店の仕事を終えると、歩いて唐橋に出て、大宮七条から電車で、河原町広小路の立命館へ通ったのだが、夜学でもあったので、途中、京極などのネオンが電車窓から見えると、映画もみたくなって、よく学校をさぼって、河原町をふらつくようになった。長い間の禅寺の生活で、自由なくらしに憧れていたので、自分で稼いだ給料で、映画くらいみてもいいだろう、というのが私の理屈だったが、それはしかし、苦学の目的とはかけは

なれていて、酒もおぼえるようになると、しだいに、学校の方がおろそかになった。

然し、私は、下宿するところがなかったので、伯父の家に頑張ったのだった。そのため、六孫王神社の界隈のことは、むぎわら膏薬を卸す店が多かったせいもあって、貧民窟のたいがいの露地の様子はおぼえている。

「一(ひ)、二(ふ)、三(み)」という破れ提灯をつるした一杯飲屋は、坊城の通りの途切れる六孫裏の入口にあった。ここには、才天堂で買った「るり羽」という髪染めくすりの失敗で、顔面を半分焼けただらせたおばはんがいて、夕方から労働者が集まって呑んで喧嘩ばかりしていた。その向いに、中国人の林さんの経営する床屋があった。人の好い、ひょろりとした林さんは、やはり中国からよんだ小僧を二人つかっていたし、細君も中国人だった。その隣が運送店の野村さんで、従兄の新一が荷役に傭われて、運転をおぼえた店である。二台のトラックをもっていたが、車庫がなかったので、いつも、せまい通りに停めてあった。

漬物屋は新婚早々だったし、駄菓子屋は、老夫婦だった。八百信には、背丈六尺近い兄弟がいた。

ざっと、こうした住人はみな借家で、これらの店の大家は、伯父の店の裏に広い空地と畑をもって、余裕のある平屋に住んでいた徳永という地主さんだ。ここに白髪のお婆さんがいたが、背はひくいが容姿は十人なみの孫娘が女子大へ通っていた。当時の女子大生は、長いはかまをはき、むすんだ帯の端を前へたらして歩くのが流行していたが、界隈から女子大生が唐橋へ向う姿は人目をひく存在だった。

六孫裏の貧民窟の人々は、伯父たちの店の客だった。殆ど畳を敷いた部屋のない板の間、バラックが多く、屋根も板で、もちろん、板囲いだから、そこらじゅうから灯がもれるのだった。そんな小屋が、梅小路の貨物線路の境界にある有刺鉄線までぎっしりつまっていたのだが、そういう町にも「辻」というものはあって、「辻」には店屋があり、ラムネ、ミカン水、蚊とり線香はおいていたから、そこにも、むぎわら膏薬の配達があるのだった。だから、私はおぼえているのだが、六畳ひとまあるかなしかの小屋に、子供らがごろごろと裸で寝ていて、親たちもまた半裸の姿で、日常をすごす家が多いのだ。雨がふると、道は泥になり、雨があがると、軒といっても三尺もない板屋根に、洗濯物がわかめを干すみたいにぶら下った。どこの軒下にも、七輪や鍋やタライが出ていた。朝鮮人も多かった。大八車をひきずって、鉄屑回収などにまわる商人もいた。

年に一度、六孫王神社に祭祀があった。何月だったかわすれたがそんなに寒くない日だったことをおぼえている。境内の中央に池があり、石の太鼓橋が架っていて、社務所と社殿は、いまの場所とちがって、貧民窟の方を背にしていた。今日ある社殿は、私たちの住んだころの境内の一角で、池も広かったのがせまくなっているが、祭りの日には、見世物も出たし、そこら

東寺古着市寸見（1986）

じゅうに屋台店がならび、一銭洋食や、綿菓子を売るおっさんやおばはんの声が空にはじけた。社殿で奉納舞などもあって、笙、太鼓、笛の音が一日じゅう貧民窟まできこえたが、夜になると、参詣客も去り、境内は人影もなくゴミ屑がいっぱいちらかっていた。私は店をしまった帰りに、伯父の家にゆくまでに、その境内へ入り無人の池のまわりを歩いたが、この時、ふと暗闇に、うごく人のけはいを感じて足をとめた。大八車をひきずってくる鉄屑ひろいの李さんが、しゃがんでは紙屑をハサミでかきわけて、拾い物をしている。車の上には籠に入れた拾い物がのっていて、その荷のよこに五、六歳の少女が腹に毛布をかけてもらって眠りこけていた。李さんは細君に逃げられたという噂だった。

後年、私は、この時の印象を、『西陣の蝶』という作品に書いた。六孫裏の貧民窟で、鉄屑拾いをする妻に逃げられた中年男が、やはり娘を車にのせて、祭りの夜、屑をあさっていて、血のついた包丁を拾う話である。寸分前に起きた殺人現場を通りかかったわけだが、職業柄、落ちている刃物へすぐ手がのびたために、凶器についた指紋から、逮捕されて、えん罪を問われる話を構成したのだが、五、六歳だった娘がいくら証言しても、きき入れられず、父親は刑務所で死ぬ。のち、娘が父のえん罪を主張してゆくという筋書きを考えたのだが、どういうわけか、私は、この娘が芸妓に売られ、宴席でめぐりあった検事が父を死に追いやった人物とわかった時、検事を殺して自分は六孫裏の有刺鉄線のわきで自殺するという結末をつくって安心している。

六孫王神社は、つまり、そういう小説を空想させるような、どこか暗いが、底ぬけの貧民たちが、祭りの日でなくても、しょっちゅう入りこんで、一服したり、喧嘩したりしている神社だった。

東寺はこの六孫王神社とはす向いに、向きあわせてある広大な本山だった。どういうわけか、八条通りは、六孫王神社の角から、ややひろくなっていて、南は九条まで、北は梅小路の線路につき当る南北の道があって、そこから唐橋まで両側が商店と人家だったが、まん中ほどに小さな外門があって、石畳の参道が南へのびていた。いまはこのあたり、大学の建物が接近して、昔の面影はないけれど、石畳の道は、両側にならんだ人家の背中を塀にしていたので、閑雅な陽当りのよい道だった。つき当りに、朱塗りの四本柱の門があって、その横木をまたぐと境内である。とば口に池があり、灰いろまだらの石橋が架っていた。法堂とよぶのか仏殿とよぶのか、巨大なそり棟の堂が、高い台地の上に建っていて、堂と堂のあいだには、かなり広い庭があり、楠の太いのが空を圧していた。五重の塔は東南の隅近くにあって、その正反対の方に、寺務所や、庫裡(くり)があった。もちろん、そういう建物も大きな屋根がかぶさっていて、何千坪あるかしらぬが、こんもりと茂った森につつまれた東寺は、寺務所も高い土塀に囲まれていたので、六孫裏にくらべるといくらか、人家や商店も見ばえのする町を拒絶するかのように、威張った風格をみせていたものだ。
だが、私の住んだ当時は、境内も荒れ放題で、仏殿も、宝物殿も、朱塗りの大柱や、仰ぐと巨大な扇子をひろげたようにみえる軒棰(のきたるき)の波も、鳩の糞がこびりついて、塗料もはげたままで、五重の塔の足もとなどは、しげるにまかせた夏草が、秋末までのび放題で、いちめん、雑草が蔽(おお)っていた。といっても広い庭だから、かわいた土ぼこりのたつ道は、白く隈取られていて、日がなこの境内には子供や子守り女や、老人がいた。鳩もまた、何百羽といて、子供らにたわむれていたが、私はよく、ボテ箱をつんだ自転車をひきずって境内へ入り、池の所に休んで、亀が甲羅を干しているのを眺めたものだった。池は町なかの土ぼこりのたつ庭を掘ったものゆえ底が見え、泥くさくて、水もにごっていたが、大石の中に島があって、何十匹もの亀の親や子がよごれた背中を、まるでかわいた雑巾でも置きならべたようにうごかないのだった。

私はこの亀たちを眺めるのが好きだった。物をいわない泥亀たちにも、親子か、夫婦かしらぬが、会話があるらしくて、一匹が陽なたぼっこに退屈したか、こぼれるように軀をずらせて水へ落ちると、わきにいたつれも同じような格好で水へ落ちる。いったい、亀というものは、頭や足を出してこそ愛嬌があるものだが、その頭も、足も、少しだけ出して、ぽとりとなまけもののように石の上から水へ落ちる格好は人を喰っていた。

そういう亀の日常を眺めるのは、私だけでなくて、私のように、仕事をなまけてくるよその店員もいたり、年よりもいた。私は、そろそろタバコをおぼえはじめていたので、この池畔で、人にかくれてゴールデンバットを喫ったものだった。

後年、私は、この当時の東寺境内での、日がな亀を見てすごした時期を、小説に書いた。『亀』という題だが、じつはある日、この亀が一人の少年の投げた石で、背中の甲を割られ、血をふいて死んでいるのを見た記憶があったからだった。私は苦しんでいる半死の亀が、甲羅に毛糸をはわせたような血の筋をひいて、うごかないのを見た。亀が啼いているような声をだした。それは、世にもかなしい声だった。そうして、そういう石を投げるようなことをした少年の気持も、私にはどこかでわかる気がして、私は瀕死の亀を見すえていたのだった。そのことを私は書いた。

私は、十九歳だった。ながいあいだといっても九歳から十八歳までだが、禅寺の戒律生活から解放されたものの、むぎわら膏薬を売る店員では収入も少なく、立命館の月謝を払えば、ぴいぴいだったので、ぬすみタバコのゴールデンバットを買うぐらいが楽しみだったのだ。ところが、大学へもあまりゆかず、酒もおぼえたので、金のない日が多く、東寺の池畔で亀の死ぬのを眺めて、石を投げた少年の気持にもなってみたのだった。

従兄の新一に召集令がきて、金沢の自動車隊に入隊したのは、何年だったろう。拡大されていた中支戦線への応召だが、金沢の新一から手紙がきて、部隊が京都を通過して、下関へ向う列車の時間を教えてきた。何日の何時ごろ京都駅を出る臨時列車だから、六孫裏の塀のところへ出て待っておれ、こっちが窓から合図する、と書かれていた。いよいよその日がきた。朝から小雨の降る小寒い日だった。四月ころかもしれない。伯父一家、それに私と、隣近所のおばはん、おっさんらが、六孫神社裏の空地にあつまって、列車の通過を待った。もちろん、臨時列車だから、兵隊ばかりですし詰にちがいなかった。待つ間、ずいぶん、列車が通った。東海道本線だから無理もない。下関ゆきも広島ゆきも、大阪ゆきも通るのだった。

夕刻近い時刻になった。ようやく、その臨時らしい列車が通った。私らの空地のよこを、かなりなスピードで通過したのだが、窓という窓は、軍人の顔が四つ見えて、その一つの窓から、急に、

「お父うッ」

と声がしたかと思うと、戦闘帽をかぶった新一らしい男が、両手をバンザイするふうにあげて、窓から半身をせりだした。

「新よォ」

伯父夫婦と従姉妹らがさけんだ時だ。窓から何やら風呂敷に包んだ小さなものが投げられた。この包みは、空地の有刺鉄線の下に落ちてころがった。列車はみるみるうちに、去った。伯父が走っていって、包みを拾ってきた。ひろげてみると、金沢市の絵葉書と、レンコンの

餅が五つばかり入っており、ほかには何もなく、下手くそな字で、

みんな元気でやってますか。いよいよ戦地へまいります。野村さんによろしく。

とあった。絵はがきは、店へ帰ってから見せてもらったが、兼六公園の雪げしきが美しかった。新一は、中支からフィリッピンへ廻り、ながい前線生活で、時々、私にもハガキをくれて消息はわかったが、昭和十七年に戦死公報が入った。

六孫神社裏の空地から、手をふって別れたのが最後だった。私には、窓から半身を乗りだしていた従兄の姿がいつまでも残ったが、新一が、金沢の部隊を出る時、京都通過の列車に乗るとわかって、しらせてきた思案の中に、少年時代にあそんだ六孫裏貧民窟の「辻」や、空地の地面が消えずにあって、家人にそこへ出ておれ、といったことが明瞭だった。フィリッピンで死ぬ時にも、従兄の瞼には、生誕地である六孫神社の界隈がゆれうごいていたかと思うと、小雨の一日、長く待たされた空地での時間が、私にもなつかしいのだった。

私は、その空地で、『西陣の蝶』の女主人公お蝶を死なせたのである。新一が小包みをなげて、それが落ちたあたりの有刺鉄線の下に、草がいっぱい生えて、きんぽうげの花が咲いていた。そこにお蝶の遺体をころがした。

五番町遊廓附近

五番町は、千本中立売から、わずかに西へ入った地点から、下へ降りる筋を中心に、仁和寺街道をすぐ出水に至る廓の町である。今日も、往時の町家はのこって、散策しても昔とまったく変らぬ四、五の妓楼の建物があるので、私には懐しい。

この町に馴染むようになったのは、十八、九歳からで、恥ついでにいえば、まだ衣笠山等持院に修行中の頃だった。禅寺の小僧が、遊廓とかかわるといえば、ひんしゅくされねばならぬが、私はそういう不良学生であり、破戒僧でもあったわけだから、それをいま、かかわりがなかったというわけにゆかないのである。私だけではなかったろう。京の禅寺で小僧時代あるいは雲水時代をおくった人の中で、私のように、ひそかに五番町に馴染んだ日のことを遠い暦の根にかくして、買った妓の肌のぬくもりを抱いておられる方はあるはずである。

等持院では、兄弟子の中に、昼はまことしやかに衣を着て法事などつとめているが、夜がくると急に生ぐさく顔つきをかえて、布施の銭をポケットにねじこみ、背広にハンチングをかぶって五番町に急いで、ショートタイムの遊興を終えると、何喰わぬ顔で寺へ走りもどり、門が閉っておれば、塀をのりこえて庫裡へ入り、翌朝の勤行には何喰わぬ顔で、木魚をたたいている弟子もいた。名をあげるのはさしひかえるが、等持院の兄弟子にはこういう五番町通いがはしかのように襲う時期があって、私たち後輩小僧は、見て見ぬふりをしていた。人間は戒律生活がきびしければきびしいほど破戒を夢みるのである。このような兄弟子を見て、自然と私も感化され、成人したら、必ず五番町へ行ってみたい、という夢が芽生えた。その夢を果したのは、十八歳の時で、中学を卒業する年まわりだった。いまでもおぼえているのが、中立売を、千本から西へ入ったひと筋目を降りてくると、右側が寺の墓地のみえる土塀になっていて、軒のひくい二階家の妓楼が片側にならんでいた。その中ほどの店で、二階の窓が、とりわけひくく、よごれたガラス障子のはまった楼だった。名はわすれたが、入口は暗い土間になっていて、左手の小部屋が妓の溜り場だった。私が夕刻すぎに前を早足で通ると、五十がらみのおばさんが私をひきとめた。私はそのおばさんの微笑が、まだ客の混まぬ時間でもあるので、さっさと上って帰るなら私のような年はのゆかぬ学生でもかまわぬから、という、わけ知りな感じをあたえたので、溝板を踏んで走り入ったのだった。当時は軍国主義下でもあったので、中学生の登楼は禁じられ、露見すれば、当然私は学校は退学だし、妓楼も警察に叱られる掟であった。それを承知で、おばさんが、その夕刻私をよび入れたのである。学校にも、警察にも見つからねばいいはなしだった。おばさんにすればあるいは私がどこかの丁稚にでもみえて、多少の小遣銭を主人からもらって、ショートタイムのあそびの妓を求めていると勘ちがいしたのかもしれない。私はその日、兄弟子のお下がりの久留米絣の袷(あわせ)に、黒サージの袴をはいていた。この当時学生の着ながしはめったになく、中学生も大学生も袴をはいた。

溜り場にいた妓は四、五人いた。その中で肌の白い大柄な妓が、ウチワみたいな平べったい顔をにこにこさせ、先に廊下にきて私を凝視したが、一見して、学生と直感した様子で、一瞬、考えこむふうだったが、私が帰りそうもないのをみとめると、いそいで私の手をひいた。正直いって、私には妓をより好みする余裕などはなく、誰でもよいから寝てほしかったのである。殆ど、妓の顔もゆっくり見ず、きしみ音のする暗い階段をかけ登っていたのは、最初の経験でもあるのと、その大柄な妓への羞恥が私の胸をはりつめさせ、形容は陳腐だが、早鐘のように動悸が打っていたからだ。私はこの時、おばさんに、たぶん五十銭硬貨二枚をわたしている。妓に手をとられて階段をあがり、まっしぐらに、二階の廻し部屋へ入って、窓べりにへたりこみ、いくらか大人っぽく装って、胸を張るのだったが、そういう見栄はつづかず、私は妓に近づかれるとばらばらになって、不安と脅えで、ただふるえていたのである。

妓は千鶴子といった。名だけはいまもわすれられない。気だてのいい田舎者丸出しの妓で、福知山の寒村が在所だといった。もっとも、こんなことがわかるのはあとで、馴染みをかさねるようになってからだが、初夜の時には、話はろくにせず、ただ、もう動悸の打つ胸をもてあましつつ、妓のみちびいてくれる床へ入り、ことを、早々にすませるや、走り帰ったにすぎぬ。この時、ことを終えた妓が、私よりは先に階段を降りてゆくのを見ていた。しばらくすると、階下の溜り部屋から、大ぜいの妓らの嬌声がきこえた。おばさんの声もまじっていた。真っ赤になった。千鶴子が同僚に何か私のことをしゃべったために、その歓笑がわいたらしく私はみじめな気持になって、着物をいそいで着ると階段をかけ降り、おばさんが何かいうのを尻目に、外へ出た。中立売通りの方へ走った。まだ妓らの笑いがきこえた。これが最初の体験である。このようなことは、当時の男子なら、似たりよったりのことかもしれぬが、妓を買って、その妓らが、理由もわからぬ大笑いをしたことが私に、ある屈辱感と、なつかしさをともなって今日も強烈なのである。

その走り帰ったひと筋目の道は、何通りといったのかわすれたが、寺の角にくると仁和寺通りだった。中立売の角から二軒目に、縄のれんをたらした安呑み屋があった。のれんの向うに格子戸が一枚はまっていて、あけて入ると、土間に板のカウンター。向うにおでん鍋を一つすえて、肥った女将が、湯気の中で、コップ酒をつぐのに、うけ皿へこぼすまでにして、「ホルモンつけてお気張りやす」というのが口ぐせだった。何という店か名はわすれたが、私は、この呑み屋へ兄弟子の某につれられて一度行った。遊廓のとば口ともいえる場所なので、遊興に出かける労働者だとか、丁稚ふぜいの男らが、夕刻すぎから四、五人、いつも、表に背を向け、板椅子に腰をかけていた。私はここでコップ一杯の酒をのんで、ふらふら歩きで天神前に出、白梅町をすぎ、等持院へ走り帰った。

この五番町と、私のかかわりには、じつは、それ以前に、もう一つの思い出があった。それは、私がまだ紫野(むらさきの)中学の前身だった般若林(はんにゃりん)にいたころに、二つ三つ年上だが、ラッパズボンをはいて、ニキビ面にクリームをぬってくる背高い奥村という同級生がいた。私が上立売烏丸から歩いて通うのに、彼は近い千本から電車で通学していた。誰いうとなく、五番町の妓楼の長男だということだ。私は奥村と、妙に気があい、般若林を出てのち等持院へうつってからも文通していたが、仁和寺通りの西のはずれにある奥村楼が生家で、自家がかなり大規模な妓楼なため、両親が彼を大将軍の牧茂一郎先生（般若林中学の博物担当だった）の宅にあずけていたことから、牧先生の勧めておられる私らの中学へ転入してきていたのである。色白で、眼玉の大きな顔は、美男子というにふさわしかったが、彼はしょっちゅう、

「うちは女郎屋やさかい、かなんねや」

といっていた。その奥村楼は確か、仁和寺街道と千本からひとつ目の筋との角から、少し西へいった北側だった気がする。大きな構えで、二階窓に手すりがあった。私は一度この奥村楼の前へ行ったが、よそのように、妓らが客よびに出ていなかった。股火鉢したひき手のおばさんもいなかった。格子戸のしまった大玄関には、水が打ってあって、あけ放った土間に、植木鉢が二つ三つ青い影を落していた。西陣の問屋の入口のような感じだった。このような一流妓

楼へは、足がすくんで入れなかった。もちろん学友の生家でもあるから、入る気はなかったものの、石梅第一、第二などのように、赤、青の化粧ガラスをはめこんだ華やかな戸口に比べると、しっとりした奥村楼は妙に印象にのこった。

もっとも五番町へ熱心に通うようになるのは、寺を脱走して、八条坊城の伯父のところで「むぎわら膏薬」を売りはじめたころから、一年ばかりでその仕事もイヤになって、京都府庁につとめだし、堀川上長者町を東へ行ったところにある「小泉」という姓で、友染の帯絵をかいている家の二階を借りてからだった。ここへ越したのは、府庁へ歩いてゆけるという便利さもあったけれど、もう一つは、遊興の町千本界隈まで、徒歩でゆけたためである。千本界隈には、もちろん、五番町もあるし、金のある時は妓を買い、金のない時は、このあたりの喫茶店や映画館で時間をつぶした。

立命館大学の夜学に通ったのは昭和十三年春だが、この文科という夜学の教室で金閣寺の小僧新田弘昌と、天龍僧堂にいた足利黙道の顔を見つけた。一年の還俗期間のうちに、とんでもない新しい友人とめぐりあうお膳立てが出来ていたことにびっくりした。新田は私よりは年は四つぐらい上だった。がなぜか同級になった。東舞鶴の得月院の小僧で、金閣寺ではあずかり弟子として入門していた。足利は、それまで修行していた僧堂をやめて、立命館に入り、国語漢文を専攻したい肚らしかった。彼も等持院にいたころよく泊りにきた仲間だった。二人は、入学式の日に、私を見つけ、なつかしげに寄ってきたが、一学期がすみ、夏休みがあけるころから、学校へ出ず、千本を呑み歩くのだった。新田も足利も私よりはあそぶ金をもっていた。どっちも田舎の寺から送金もある様子で、学費のほかに遊興費もどこかから工面して、しょっちゅう呑んでいた。私は府庁の給料しかないので、学費と下宿費をのぞくと残りは少なく、いつもぴいぴいしていたが、それでも、給料日には、二人の連れになって登楼するのが楽しみだった。

私たちが呑んだ店は、八千代（千本通り中立売下ル）、バット（千本通り中立売上ル長久屋前）、五十鈴（今出川通り千本西入ル）、天久（千本通り丸太町上ル）、黒猫（御前通り一条上ル）などだった。こういう店は、バアとも、一杯呑み屋ともつかぬ体裁で、八千代、バットは昼は喫茶店に化け、夜はビール、酒が出た。ともに、白い前かけをしたホステスがいて、新田は八千代に、足利はバットに目ざす女を見つけていた。天久、五十鈴は一風変っていたが、五十鈴は足利の母の遠縁にあたる人の経営で、足利の姪にあたる「米子」という二十一、二歳の美人が、おでん鍋の前にいて、看板娘として名を売っていた。私の記憶にまちがいがなければ、この「米子」さんは、新興キネマのニューフェースで、一、二作の時代劇に出演したことがある。

五番町楼（1985）

私たちはいつも、バットか、八千代で会って呑み、おそくなると、五番町へくりこむのが常だった。ぴいぴいの私などでも、五十銭硬貨一枚あれば、ショートタイムの妓が買えるのだった。新田、足利は、ぜいたくで、朝まで寝ていた。新田は、しかし、朝経に間にあわさねば和尚に叱られるので、六時ごろに走り帰った。いまのように車もない頃だから、金閣寺の小僧も、妓楼から徒歩で走った。後年、私は、この新田の思い出に、『五番町夕霧楼』の主人公をかさねてみた。事実、金閣寺を焼いた林養賢君は、新田と同じ東舞鶴に近い大浦成生(なりう)の出身だった。年は、私より十歳下で、彼が金閣寺に入山するのは昭和十八年だから、私たちが千本であそんだ頃から、約五年経ていて、すでに私は東京にいたし、新田も召集になって軍隊にいた。だが、昭和二十五年に、金閣寺が焼けて、それが小僧の放火だとわかり、しかも、その小僧が放火の一週間ほど前に五番町へ登楼して、妓に「もうすぐ大変なことをやってみせるぞ」と予言していたという新聞記事を東京でよんだ私は、はっとした思いで、火をつけたのは新田ではないか、と錯覚したりした。新聞に林養賢君の本籍が出て、それが、新田の生誕地得月院とかさなったのである。林は西徳寺の子だった。林も新田も最初はあずかり弟子として金閣寺にいた。だから、私には、林養賢君が金閣寺を焼く内面もあらかた想像できたし、五番町へ通っていたときくと、いずれも、小僧はみな五番町で修行していたのだな、という思いがした。小説の構想がうかんで、実在した遊女の名を「夕子」とあらため、私がよくいった妓楼を「夕霧楼」などと勝手に名をかえて、書いてみたのだった。

私は昭和二十五年七月二日（炎上の日）は浦和にいたが、新田弘昌は、どこにいたろうか。彼とはずっと会っていなかった。二十三年か四年に一度、東舞鶴へ行った際、得月院を訪ね、消息をきくと、復員してきて、静岡のほうにいる、と寺のだいこくさんが教えてくれた。静岡なら東京とも近いので、会いたい思いがしきりだったが、私は今日も、新田に会わずじまいになっている。しかし、昭和二十五年の金閣炎上のニュースをきいて、もっとも衝撃をうけたのはどこにいたかしれぬ新田弘昌ではないか、という思いは今日もつよい。

この新田と足利がまだ五番町通いに熱中していたころ私は金がなくて、二人とそうそう連れになって登楼できないものだから、下宿にいた。ところが、二人は私のゆきつけの楼にあがった際、私の馴染みの「千鶴子」が、私の消息をたずねたので、新田か足利かが、ひょいと思いついた嘘をいった。

「あいつは、淋病で寝てるよ」

千鶴子は、この時、衝撃をうけたらしかった。二人がショートタイムで退楼したあと、眠るに眠られず、その翌朝、早く、上長者町堀川の私の下宿をたずねてきた。小泉のおばさんに起されて、女のひとが表に立っているというので、二階から下を見ると、電柱のかげに、日傘で顔をかくしている女がいた。千鶴子のようなので、

「おーい、あがれよ」

というと、千鶴子はいそいで、暗い階段を登ってきた。私を見るなり、

「すんません。うちがうつしたのよ。きっと。うちは病気やないけど、まわしのお客さんがそうやったんちがいないんです。これを大急ぎで煎じて呑んで下さい」

千鶴子は口早やにそういうと、新聞紙の包みを投げだすように、私の前へ置いて、私の顔をゆっくり見ないで走り降りていった。私はびっくりした。何のことやらわからなかった。何をいったい、私がうつされたのだろう。二階の窓から首をのばして、上長者町通りを見ると、堀川の方へたたんだ傘をもった千鶴子が尻をふって走りかえってゆく姿が見えた。

私は紙袋をあけてみた。正体不明の漢方薬であった。さらさらした葉っぱがいっぱい出てきた。田舎のあらい茶のような感じもした。私は、下宿のおばさんに見せた。

「それウワウルシですよ」

とおばさんはいった。何でも小便の出ない人にきくというクスリだった。八条の西村で働いていた時、漢方の棚があって、ウワウルシはショーカチに効くと書かれてあったのを思い出した。

千鶴子の来訪は根も葉もない嘘を、ひょいと口走った悪友からで、私がてっきり淋病で寝こんでいると思いこんだことからだったことがわかるのは、月日がかかった。私は不思議なクス

りをもってきた千鶴子をながくいぶかしんでいたが、ある日、金が出来たので、五番町へゆき、千鶴子の妓楼へゆくと、千鶴子が、表に立っていた。

「大丈夫？　なおった？」

「何のはなしだ」

と私はきいた。千鶴子は、はずかしげに、足利と新田がきて、私のことをそういったとはなした。私はびっくりした。大笑いしたあとで、しだいにかなしくなった。

じつは、この話は、べつのところでも、小説ふうに書いたが、千鶴子はそんな女だった。私という苦学生に、淋病をうつしたものとばかり思いこんで、走ってきたのだ。

この当時、借金もある妓が、早朝に、楼を出て、馴染み客の所へ、かりに病気見舞にしろかけつけるなどということは、ゆるされなかった。千鶴子は、楼主に無断でとび出て、薬局へゆきウワウルシを買って、私に届けたのだった。

まだ、パスや、マイシンも、ペニシリンもない当時のことだ。花柳病にかかると、私たちは、そういう草の葉を煎じて呑んでいた。古いはなしにしては、一生私の心にのこるはなしといえる。

私は、のち東京に出て、文学に入り、永井荷風の小説に魅入られたが、

「金殿玉楼にもくもの巣があり、巷の襤褸（ぼろ）にも絹の縫いとりがある」

と書いてある文章をよんで涙がながれた。もちろん、五番町の千鶴子が、日傘で顔をかくして、上長者町の下宿へ走ってきたあの早朝の、化粧もしない、心配げな顔をかさねたのである。私にとって、五番町はまことに私の人生のある意味では出発の根の部分に君臨している。ひょっとしたら、金閣を焼いた養賢君にも、そういう思いはあったのではないか。どこにいるか今日も消息のわからぬ新田弘昌にしても。

そうでなければ、彼らも、私も、あんなに、うき身をやつして、五番町に魅入られた理由がいまも摑めないのだ。

今宮神社界隈

大徳寺前の北大路通りに、まだ電車が通っていなくて、家をこわしたり、立ちのかせたりして、広い道が工事中だったころ、私は烏丸上立売の相国寺(しょうこくじ)から徒歩で建勲神社前の大宮通りから、北大路にきて、朱色の一の鳥居をくぐって、今宮神社に向い、その途中の中学校へ通った。いま紫野(むらさきの)高校のある場所だが、当時は「般若林(はんにゃりん)」の後身で、「紫野中学」といい、相国寺、東福寺、大徳寺など京都臨済五山が徒弟教育のために設けた学校であった。校長は金閣寺住職の伊藤敬宗師、つづいて南禅寺管長の勝平大喜(たいき)師だった。「坊主中学」と人もよんでいて、教員は皆僧衣姿で配属将校と体操の教師だけが軍服を着てきていた。僧の養成中学も、教練をやる軍国主義下のことである。

仏門立の学校だから、いまのような鉄筋ではない。今宮参道に面した左手の現存の校門と同じ場所に石柱が二本立ち、平屋の教室が瓦屋根をしずめて二棟あり、登下校道路をはさむようにして山に向っていた。正面に講堂（雨天体操場）。それだけが校舎で、孤蓬庵の石畳道の境まで、南北に切妻をみせて建った本堂が一つ。この地にあった大光院か瑞源院の建物である。ここに寄宿舎と食堂があり、あとは講堂の上の山を切りくずして、赤土をローラーで踏みかためた校庭だった。当時は近くに家はなかったので、まるで山のてっぺんを広場にした感じで、森の向うに、孤蓬庵がまたさらに森をふかくしてしずんでいた。

今宮神社は、朱の鳥居、朱の楼門、朱の神殿があって、まことにこぢんまりとした、風格のある神域で、ここも楠の大木が茂っていた。二層門に至る左手が、大徳寺の塔頭で、ここも藪や林がふかかった。中学校があっても、生徒数も少なかったところから、この一角は閑静なみどりの中にあったといえる。

私は昭和四年に福井から相国寺にきて、第一室町小学校の尋常科を卒え、この紫野中学へ入学していたが、子供の足だから、烏丸上立売から、大宮通りを、北上するこの道のりは、かなり時間を喰い、四十分はかかった気がする。時には、新町を歩いて、妙覚寺をよこぎり、妙顕寺に出て、その境内をななめに通って、済生会病院のよこから大徳寺前に出たが、いずれも、この途中は混んだ機屋のほかは、寺か病院ぐらいしかなく、道もせまくて、早朝は新聞配達か、牛乳屋しか通っていなかった。

大徳寺に隣接して、どうしてあんな貧しい家のたてこんだ一角があったのか。そこは寺領の台地と同じ高さの位置で広げられる北大路に面して、大本教の支部が貼りだす新聞掲示板のある一戸が目立つぐらいで、干し物を外にだす家がかたまり、そこらじゅうがくさかった。そこから今宮神社入口へ向うなだらかな道の右側は、わずかな商店と人家であったが、その一軒に若狭の父の師匠だった小原嘉左衛門という宮大工がいた。息子の祐太郎が後を継ぎ大徳寺や妙心寺の大工仕事をやっていたのである。この家の軒に、大きな「矢」が一つくくりつけてあった。なつかしかった。大工が棟梁になって、普請をやった証拠品で、それは金看板のようなものだった。小原家がここで工務店の看板をだしていたのは、どこかの寺の普請をやった直後だったのかもしれない。私の家にも矢は一つあった。父はめったに、小原家にきたことはなかったが、私より一年上の権左衛門の勇吉が弟子にきていて、よこの空地を仕事場にし、表の人道へカンナ屑がちらばるほど板をけずっていた。私が通ると、いつも、「つとよ、きばっとるか」と勇吉はカンナ屑の中からはなしかけてきた。

北大路通りの今宮近くは、小原工務店の前に、ぽつんと一軒だけ建った刃研ぎ屋があるだけで、ほとんど両側に家はそろわず、正面の千本の角は高台の感じで、前方に金閣寺の森がみえた。少し下ると、藁天神の高い石柱のある参道だった。そうして、その前は畑になって、小学校が見え、建勲神社の船岡山が牛が一頭寝たように、町家を圧していた。こんな北大路の風景をあとにして、朱の鳥居をくぐるのだが、いつのころだかわすれたが、鳥居をくぐってまなしの右手に、格子門をもった二階家が同じ構えをみせて五軒ほど建ち、一軒に「山路」と表札がかかっていた。新興キネマの女優山路ふみ子さんの家だ。ある日、私が表を通ると、山路さんがゆかた姿で、ウチワをもって門の前にたち、銀紙の貼板をもった助手をつれたカメラマンが、大きな三脚をすえて、撮影中だった。私は足をとめ、その撮影を見ていて、学校に遅刻している。

山路さんは、『愛怨峡（あいえんきょう）』で主役をやる直前で、スターになりかけのころだった。この撮影の写真は、やがて、京都の町角のところどころで目につく、西陣のきもののポスターになった。

学校へくる途中の家々についての記憶に、もう一つ二つ、わすれられないことがあるけれど、それはまたべつの機会にすることにして、「紫野中学」の生活について少し語ると、僧衣をきた教師たちにつかえて、門番をする老夫婦が、校門わきの六畳ひと間ぐらいの家に住んでいて、その軒下で、靴屋のヒデさんが、生徒の靴底の半皮をはりかえたり、鋲を打ったりしていた。膝の上にドンゴロスの布をひろげ、その前に、鉄のたたき台と、小箱をおいていたが、生徒数わずか三十名足らずの学校だから、それに、私のように、皮靴が買ってもらえず、ゴムの耳ぐつに、ゲートルまいてくる小僧もいたので、ヒデさんは、ヒマな日が多く、しょっちゅう門番とはなしこんでいた。

「小僧はん、和尚さんにはよ、皮靴買うてもらわんとあかんがな。二年生になると教練があるでな」

とヒデさんは私のゴムぐつをわらった。一年生でも、正課に徒歩教練はあった。ゲートルのまき方なども教えられたが、ゴムの耳ぐつだと、オイチニときばって歩いても、汗ばんでいるので、足先に力を入れるとすっ飛んだ。配属将校は、かなしげな顔をして、

「はよ、皮靴買ってもらえ」
とどなった。私ははずかしかった。私の師匠はケチで、二年生の二学期になって、ようやくあみあげ皮靴を買ってくれた。ぴかぴかの皮靴をはいてから、はじめて私は、中学生になった気がしている。

経の素読や、写経も教わったのがこの学校だった。その中で、水墨を習った時間はユニークだった。本堂の座敷にすわって、硯をすって、蘭を描くのだ。人見少華（しょうか）という先生だった。丹精に、着物を着てくるこの先生は、いじけた私が、小柄に似あわず、風にふかれているような蘭の花と葉を描いたので、賞（ほ）めてくれた。私は図画は「優」だった。いまでも、この情景が頭にあって、色紙をたのまれれば、人見先生直伝の蘭が描けるのである。

本堂ではまた、仏事のことを習ったが、教科は、数学、国語、英語などで、みな僧衣の教師だったが、その中に、いま南禅寺の信徒部長をしておられる蓮沼良湛先生がいた。先生は、文学好きで、一時間、夏目漱石の『吾輩は猫である』を読んでくれた。のち、私は作家になって『雁の寺』を書いた時は、この先生の風貌を思い出して、主人公慈念の味方になる教師像を描いている。

いま、「市立紫野高校」となったこの宗門立中学跡を訪ねてみると、鉄筋校舎のぎっしりつまる敷地に面影をさぐることは困難だ。しかし、孤蓬庵参道に向う高みに、「瑞源院趾、大光院趾」の石柱がみえて、そこに、私たちが、体操の時間にトンガでつくった道がのこり、畚をとって喰った山の校庭へあがる道には、古杉や大楠の密生していた名ごりはある。孤蓬庵に接した地点に、土畳があったが、それも、多少はのこり、大楠もある。三十人くらいの生徒にも、年に一度は運動会があって、その日は花火があがり、綱ひきも、仮装行列もやったが、生徒の父兄の見物は少なくて、この山へ入りこんできた鷹峰一帯の親子が、むしろをひろげて見物した。そんな赤土の運動場をも、めぐっていた赤松山は、大半伐りはらわれて、巨大な高校の体育館が建ってしまった。

私の記憶にまちがいなければ、宗門立紫野中学が廃校になったのは、昭和七、八年で、経営者だった各本山は、この敷地を、大宮にあった「淑女高女」（？）に売却し、女学校が越してきたはずである。この女学校の後身が、いまの「紫野高校」になったと思う。話はよそにそれてゆくが、五十年近くたった今日、私の主宰する「竹人形劇団」の語り手に参加した早稲田劇場の古屋和子さんが、この紫野高校出身だとわかって、世の中はせまいものだと思った。

右手に大徳寺の森、左手にテニスコート、駐車場を見ながら、今宮の朱ぬりの二層門に至る道は閑雅だ。石段をあがって門をくぐり、神殿へ向うに石畳を歩いてゆくこのアプローチは、いつみても、京のふかさがある。将軍綱吉の母、桂昌院が西陣出身の女性だったことから、この神社は復興し、「やすらい祭」の神事も有名だが、私は何といっても、雪のふる一日に、裏門を出て両側の「あぶり餅」本家、元祖の客をよびこむ風景に息をのんでいる。一文字屋とかざりやである。赤い前かけをした女中さんらが、充血した手甲を光らせて、「寄っといでやす、あぶり餅どっせ」と呼び、表の炭火であぶる餅を、雪のかかる店先で喰っていると、向うの朱の神殿に雪が舞い、冷えた腹に熱い餅がしみるのだ。学校をさぼって餅喰いにきた貧書生も、一瞬平安時代に入りこめる錯覚なのである。

あれは、たぶん、私が相国寺を飛び出て、等持院へうつって間もない頃だったかと思う。私は、等持院から自転車通学していた。紫野中学には、自転車置き場はなくて、校門を入ったよこの門番の家の軒下に置いて教室へ入ったが、級友たちは、私が、そのような自転車をあてがってもらえる等持院に行ったことを喜んでくれていたものだが、それもわずかのことで、私は花園中学へ転校せねばならなくなった。等持院には小僧が七、八人いて、代々みな花園中学に通う慣習だった。それで、学校へ申し出て、転入手続きをとったのだが、春さきの寒い一日、今宮神社うらに住んでいた小早川又一という特務曹長の家へあいさつに行った。今から思うと、なぜ、小早川さんの家へ出かけたのか、たぶん、教練の出席日数がわるかったので、手かげんを加えてもらうために、行ったのではないか、と思う。

小早川特務曹長は、鼻の低い、平べったい顔をしたひとで、私たち一、二年の下級生には、

東福寺東司（1986）

とりわけきびしかったので、私たちは、体操と教練の時間は、いつもぴりぴりしていた。上級生の教練には、配属将校の中尉がいたから、小早川さんは私たち下級生だけに、徒歩訓練を教えたのだった。私は前記したように、和尚に皮靴を買ってもらえない期間がながく、脂足のため、走るとすっぽぬけてしまうゴム靴での通学なので、小早川さんの徒歩訓練は苦手で、しょっちゅう授業を休んだ。そのため、通信簿の成績はわるく、たぶん、丙か丁だったと思う。それに、私は四十キロに届かない体重だったからそろそろ大人の軀になりかけている同級生とならんで、同じ動作で、走ったり、手を振って歩いたりすることができなかった。小早川特務曹長は、皮袋に入った剣を吊って、いかめしく、自転車にのって通勤してきていた。教師で自転車でくるのは曹長だけで、私とは、つまり自転車仲間だった。時に、門番の家の軒下で鉢あわせすると、

「こらっ」

と曹長は私のことをにらんだ。しょっちゅうずる休みするのを、そんなところで、見つけたが幸いと、叱りつけるのである。私はそれで、いっそうこの鼻の低い特務曹長の威張った表情をさけるようになった。私のうつった寺の都合で、花園中学へ転校せねばならぬことになったので、必要な書類はもちろん体操、教練の科目の落第点と、それに、月謝を使ってしまって、未納分がそのままになっていた事情もあって、紫野中学での成績が、次の中学校での成績に影

響するのだった。私はそれで、いよいよ、転校ときまった時に、小早川さんの家の敷居をまたいだのだ。

今宮神社の裏の、あぶり餅やの前を通って、しばらくゆくと、小さな二階家の混む一角に出たが、小早川さんの家はこぢんまりした平屋で、表に男の子供があそんでいた。小早川さんの子らしかった。私は、しばらく、家の前にたたずんで、その子供の顔が、小早川さんそっくりなのを見て、小早川さんに、こんな子がいることが不思議な気がした。特務曹長にも、子があって不思議はないが、その時は、そんな思いがふかく私をとらえたことをおぼえている。

私が入ってゆくと、小早川さんが、だらしなく着物の前をはだけてきて、

「なんや」

とつっけんどんにいった。私は、脅えながら、私の来た目的をはなした。学校では、二学年のうち三学期の月謝が未納のままで相国寺へ請求しても、和尚は出してくれず、私のつかい込みがわかっているのだから、処置に困っているのだった。私がまともに、二学年を終了するには、その月謝をおさめることが第一の義務だった。もちろん、私に金をつくる力はなかった。その上、欠席ばかりしている体操と、教練の成績に手かげんをくわえてくれといいにきたのだから、不機嫌であってもしかたがない。

「こんどの寺はどうや」

小早川さんはきいた。

「はい、大勢小僧がいます」

とこたえた。

「そんな大寺へいったのやから、これまでのように、休んでばかりやったらあかんな……」

と小早川さんはそういったあと、

「いずれ、お前さんのことでは、教員会議があってきまることやろ思うが……新しい学校へうつってきばって勉強するのやったら、考えてやらんでもないぞ」

と不機嫌な顔をなごめ、

「きばってやれや」

といった。玄関先での立話だった。私は、そういう時間を、この特務曹長の家でもてたことで満足し、小早川さんが、いくらかでも私の成績に、手ごころを加えてくれそうだと安心して、退去したのだ。子供が私を追いかけてきた。

「へい、おいでやす、あついあついあぶり餅どっせ」

両側の店から客をひきこむ女中さんたちの、金切り声がとぶ中を、私は、走るようにして今宮神社の境内へ入り、それから紫野中学にきて、自転車にのって等持院へ帰った。

いま、この時のことを思いだしていると、どうして、無事花園中学に転校できたのか、そのあたりの事情が、学校と学校のあいだで、どう処理されたのか、不明のままであることに感慨をおぼえる。

さぞかし、ゴムぐつをはいて教練に出る小僧では、点数もつけようのなかった小早川さんの考慮もあって、さらに、私のつかい込んでいる月謝の金も、そのままにして、等持院での生活がうまくゆくように処置してくれたのではないかと思う。しかし、今日、雪がふると今宮神社へかけつけて、あぶり餅を喰う私の瞼には、鼻の低い顔で、こわい存在だったが、どこやらに人間らしかった特務曹長の剣を吊って自転車に乗ってくる風景がかさなってくる。

仏教は、たとえ禅宗の小僧においても、釈尊の弟子であることにかわりなく、釈尊のつたえた人間平等の思想は、仏門にあるものならわすれてならぬ第一義のものである。ところが、この昭和初期の軍国主義下では、寺の小僧も、人を殺し、人をさげすむ教育をうけて、中国侵略の尖兵として教育された。のちのことだが、天龍寺や金閣寺の和尚連中が、中支派遣特別宣撫(せんぶ)使(し)として、剣を吊って大佐待遇で、前線に出かけた。私たちは、そういう和尚の小僧として、軍国主義教育をうけたのである。小早川曹長が、仏門の中学に就職できたのも、そういう時代ならこそというべきだろう。この紫野中学は、私が花園中学に入った翌年に廃校になった。つまり、資金を出していた大徳寺、相国寺、東福寺の三山に、その根気が失せたためだった。廃校時の校長は勝平大喜師であった。

私たちの馴染んだ校舎と本堂は、「淑女高等女学校」に買いとられて、戦争末期まで、そこに女学校があり、いまの市立紫野高校になったのは、たぶん、戦後のことだと思う。したがって、昔日の面影をたずねても、孤蓬庵よりのあの石畳の道わきにのこる土畳と、その山あとの大楠や松柏（しょうはく）の根にわずかの名ごりがあるだけだ。

私は、ふと、冬草にうもれていた「瑞源院趾、大光院趾」と彫字された古い石を見ていて、五十年前の般若林での生活を思いだした。いま、高校の体育館の立つ台地は、私たち小僧がトンガで道をつくった校庭であって、空を被っている大木は、背がひくく、山苺のからみついていた雑木林の中にあった。もちろん、孤蓬庵へのアプローチはかわっていないが、まだ山林だった台地を背に平べったい校舎を三棟もった禅宗徒弟養成所といってもよい般若林の面影をしのんでいると、年若い山路ふみ子さんが、黒ぬりのダットサンから降りて、しなやかに腰をふって赤い鳥居をくぐってくる。そうして、そのあとを、芋虫のような小僧がひとり、喰っついて歩いている。それが私だが、チリンチリンと鈴をならして、剣を吊った小早川さんの自転車がくると、私は直立不動で敬礼するのである。ああ、なつかしい今宮参道の閑雅なけしきよ、と私は叫びたい気持になった。

相国寺塔頭瑞春院

ここは私が出家した寺である。若狭から十歳の時に入寺して、当時の住職山盛松庵和尚の弟子になり、ここで得度式をあげてもらい、名も集英となった。室町小学校（室町上立売を上った地点にあった）五年生に入学、尋常科を卒（お）えると、紫野（むらさきの）中学（般若林（はんにゃりん）の後身）に入学し、十四歳までいた。思い出のつきない寺である。いろいろ小説や、随筆にも書いたので、私にとって、文学的にもここは根っこのようなものをもらった寺というしかない。

詳しくいえば、上立売烏丸東入ル、相国寺（しょうこくじ）東門前町、というのが当時の地名で、市電停留所「烏丸上立売」から東へ入ると、わずかの距離に、黒い柱が二本立った門があった。そこを入って左側のとば口に瑞春院（ずいしゅんいん）はある。そり棟の門から庫裡（くり）玄関に至る石畳と苔庭がみえて、一本の百日紅（さるすべり）が門のわきに枝を張っている。向い側は同志社大学で、いまは高い校舎が建っているが、昔はくずれ土塀に囲まれた運動場（グラウンド）だった。よくだんだら縞のユニホームを着たラグビー部の学生が、泥んこになって走っているのが土塀ごしに見えた。烏丸通りもこのくずれ土塀で小さな門があり、町の子供らも、そこから無断で入って、グラウンドであそべた。閑かなそんなグラウンドと向きあって、瑞春院は庫裡と本堂がL字型に甍（いらか）を樹の間にしずめ、松林の相国寺境内に至る道に向って土塀をまっすぐのばしていた。うしろは茂った孟宗藪だった。

私は、若狭から、ここへ来た縁については、親たちからきいたことしか知らなかった。住職山盛松庵師が、むかし、若狭のコビという小部落の寺におられた縁だった。松庵師はわずかなあいだ住職した若狭の寺の思い出に、若狭の子を法弟としたがった、ときいた。昭和三年。御大典の年まわりだった。冬の一日、私は村の菩提寺（西安寺相国寺派三等末寺）の和尚と父につれられて、この門を入った。その時は、松庵師からも若狭とのつながりの縁だと教えられたが、いま調べてみると、いろいろなことがかさなってくる。

相国寺に『萬年山聯芳録』という本がある。長得院住職小畠文鼎和尚の筆になるもので、相国寺塔頭史といっていい。ここに瑞春院の項を繙くと、昔は雲頂院といい、江戸期に入って、若狭とふかいかかわりがあったことがわかる。

開祖　太清宗渭（雲頂一世）相州鎌倉の人　明徳二年没
二世　叔英宗播　播州の人　嘉吉元年没
三世　季瓊真蘂　文明元年没
四世　益之宗箴　長享元年没
五世　亀泉集証（瑞春一世）赤松家臣　明応二年没
二世　大仙集全　天正八年没

三世　竜伯集総　　　　　　慶長十七年没
四世　雪渓瑞立　　　　　　寛永十六年没
五世　一洞集宣　京師の人　明暦二年没
六世　天啓集仗　京師の人　享保元年没
七世　逸堂集俊　京師の人　元文四年没
八世　心叟宗樹　江州大津の人　天明四年没
九世　良峰集恩　尾州の人　天保六年没
十世　玉芳集瑛　若州大飯郡尾崎村の人　弘化二年没
十一世　耕隠集養（中興）若州大飯郡小和田の人　母本郷村荒木源次の長女
　　　　　　　　文久二年没
　　　　巨梁集完　若州小浜の人　明治三年没
十二世　淵竜宗黙　出雲の人　明治十八年没
十三世　海応文溟　尾州熱田の人　大正二年没
十四世　敬宗令恭　大正十一年鹿苑寺に遷る
十五世　松庵集彙　尾州の人　昭和三十四年没

とある。最後の十五世松庵集彙は私の師匠である。これを見ていると、弘化の頃に住職された十世玉芳集瑛和尚が若狭大飯郡尾崎の出身であったことがわかり、つぎの十一世耕隠集養和尚も、同郡小和田出身で、しかも、この人は私の生まれた本郷村の荒木源次の娘の子だと記されてある。荒木源次という家は今日もあって農家である。私の家も岡田区の農家である。もっとも父は、大工だったが、源次の家にも大工職をやる人がいたときいた。さらに、同世の巨梁集完も小浜の人である。三代が若狭の人で、私の生まれた本郷ならびに小浜（近くの町だ）出身の俗家から出家して住職していることになる。また、さらに、松庵師の項をくわしく記してみると、このように在る。

尾州愛知郡鳴尾村字源兵衛新田人、山盛氏、父利助第三子、以明治十七年甲申一月二十二日生、幼名鉄之助、二十九年二月十五日、依海応得度、四月十五日、始承侍者、三十七年七月、卒業聯合般若林、十二月、任本山紀綱、三十八年四月一日、為戦時補充入営出役、三十九年二月解隊、依功賜勲八等瑞宝章、及従軍徴章一時金又受本山賞、此月掛塔東福僧堂、師事九峰老師、四十一年十二月、再任維那、本山賞其功、補教師補、四十三年十月、転籍永源寺派、為新徳文拙弟子、十二月、監住雲畑高雲寺、大正元年十二月、任新徳副住職、九年七月、為若州正善寺正眼弟子、九月七日、復籍本派、叙首座、進前堂、十六日、任子生蔵身庵住職、十七日、叙西堂、十一年四月二十七日、移住当院、十三年一月二十五日、叙前住、補二等教師、行入寺式、昭和三十四年二月二十八日、世寿七十六。遇不慮交通事故、於河原町松原急岡崎病院不効薬石寂、

松庵和尚が若狭のコビ正善寺に住されたのはわずか二カ月少々のことらしい。たった二カ月の縁故で、コビから程遠からぬ本郷村の私を小僧に迎えられた因縁には、古い江戸期の、十世、十一世が出身した土地柄を重視されたかと思われる。また、私の生まれた大正八年は、同じ郡内高浜町出身の禅僧で、三十五歳で鎌倉円覚寺管長となった釈宗演師が物故されているから、禅僧がいく人も出た在所への愛着があったかと思われる。

とにかく、私は十一歳で、松庵師に迎えられて瑞春院に入り、翌年得度式をあげてもらい、名を集英となった。十世集瑛の一字がちがうだけである。瑞春院は、代々「集」の字を冠する流れであった。

瑞春院は本山塔頭でも由緒はふかく、僧録司蔭涼軒(そうろくしいんりょうけん)に出仕した碩学(せきがく)の人も多かったし、赤松家とかかわり、赤松氏が庇護した播州法雲寺の兼務住職をかねる人が多く、私の師匠松庵師もそうだった。また松庵師は、二等教師として、維那(いな)の師であった。相国寺は、いまも繊法唱名がのこっていて、京都五山では唱名本家とうたわれて、その道をおさめて、晩年まで、維那の

師であった。また、松庵師の先住敬宗令恭は、金閣寺に栄転して、十一世集養の弟子集完も、金閣寺で得度していて、代々金閣を法類としたので、私も得度後は、しょっちゅう金閣寺の法事に参加させられたものだ。したがって、敬宗老師のお顔もよく拝見している。

つまり、名門ともいえる瑞春院へ小僧に入った私は、辛抱して松庵師につかえておれば、まがりなりにも僧侶となれたはずだが、十四歳でここを脱走して帰らなかった。落第坊主である。なぜ脱走したか。子供の私に、これといった理屈があるわけでもなかった。生来ひねくれたところがあって、和尚の慈愛がわからず、禅修行の根性がなかったのである。十二歳で得度し、十三歳で、本山繖法会（この年は五十年に一度の大繖法会だった）に、香華役をつとめ、松庵師と小畠文鼎師に、唱名をならって出席し、大任を果したぐらいが記憶にあるが、殆ど、これといった行跡はなく、十四歳で、紫野中学二年在学中に、逃亡したのだった。

松庵師には、多津子さんという細君があり、一人娘がいて良子さんといった。私が入山した年に、良子さんの誕生があった。それで、私は赤ちゃんの守りや洗濯に追われる日常で、少なからず不満があり、小学生時代はそれでも辛抱できたが、中学へゆくと、他寺の小僧の境遇と比較する才覚も出て、妻子を溺愛するあまりに、小僧の私をこきつかう和尚への不満が高じたものとみてよい。また、松庵和尚は当時結核をわずらい、病床にあって、寺内は健康な多津子さんの差配であった。そのため、仏事や、檀家への責任は、年少の私がやらねばならず、何かと忙しく、他寺の小僧に比して、時間がなく、学習も苦労だったことをおぼえている。こんなことが記憶にある。

烏丸上立売を上った右側に「烏丸湯」という風呂屋があった。電車通りに面した大きな風呂屋だ。寺には風呂場はあったがどういうわけか、タガがはずれたまま風呂桶は放りっぱなしになっていて、年じゅう私たちはこの烏丸湯へ通った。多津子さんが、先ず一人で女風呂へ入る。時間を見はからって、私が、良子さんを背負ってゆく。私は女風呂へ入り、良子さんをおろして、多津子さんに手わたす。多津子さんは浴室へ入ってゆく。私は、女のぬぎ場に待機して、新しいおむつや、肌着をベッドにならべている。やがて、多津子さんが洗い終えた赤ん坊を抱いてくる。私はうけとる。赤ん坊におむつをさせ、肌着をす早く着せる多津子さんは、真っ裸なので、いらだっている。すぐまた浴室へ帰る。私は、この赤ちゃんを背負って寺へ帰るのだ。これが毎日だった。十一、二歳の私はこの女風呂へ行って待機している時間がイヤだった。

もう一つ。おむつ洗いには困った。夏はいいが冬の井戸水は氷っていた。若狭から霜焼け手をもって行ったので、雑巾一つしぼるにも痛くて力が出なかった。それで毎日のおむつ洗いはつらく、よく洗わずに干しておくと、和尚からも、多津子さんからも叱られた。いったい、十一歳ぐらいの子におむつを洗わせる和尚も奥さまもひどいではないか。子供心に、私はこれを禅門小僧の日課にする和尚夫妻を恨んだ。ある日、私が井戸の水が冷たいので泣いていると、和尚は早起きしないからだと説諭した。私は六時に起きるのはつらく、いつも寝坊したのだ。ある朝、和尚は六時にやってきて、私の枕を足で蹴り、まだ寝とぼけている私をふとんからひきずり出すと、井戸端へつれて行った。そうして、棕梠(しゅろ)縄のつるべをくませた。縄はつららで光っていたが、だんだんつるべが近づくと、湯気が出ていた。いよいよつるべがあらわれた時、和尚はこれをもって、一方の手で私の霜焼け手をつかんでつるべの中に入れた。水は温かった。

「お前が早起きすれば、若狭のおっ母が沸かしてくれておる湯にめぐりあえる」

と和尚はいった。つまり、早起きすると、井戸の水はぬくい。この水は、若狭の母がきて、沸かしてくれているのだ、と和尚はいった。私はよく泣いた。そして泣くたんびに、若狭の母の所へ帰りたい、といったので、和尚はそんなふうに私を戒め、私に早起きすることをすすめたのだった。だが、こんなことをまともにきける私ではなかった。子供心に、そんなことをいう和尚をますます恨んだ。

世に正師にめぐりあっていて、師とさとらぬ弟子はいくらもいる。正師にめぐりあいながら、見えていなかったといえる。井戸のことを思いだすと、いつも、松庵師が、私の手をつかんでぬくい井戸水につけた朝の、あの顔がうかぶのである。

こんなぐあいで、私の中に生じた和尚夫妻への憎しみは、中学校へ入るにしたがって高じ、とうとう、二学年の三学期に、瑞春院をとび出て帰らなかった。約四年間の徒弟生活だった。

塔頭に玉龍庵（ぎょくりゅう）という寺があった。南門のわきにあって当時、新しい本堂と庫裡が竣工してまもなかった。いまも方丈池と向きあってこの寺はあるが、碩学の人で、坂根良谷という人が住職だった。良谷師は、瑞春院と法類でもあったので、私が瑞春院で泣いてばかりいたのを目撃しておられた。私が脱走したことをきくと、放浪中の私を玉龍庵へ匿（かくま）って下さった。私は良谷師が、松庵師とちがって、やさしくて、ひどく物わかりのいいのに面喰った。

「学校へゆきなさい。切符も買うてやる」

と、紫野中学へは、それまでは徒歩で通っていたのに、市電でゆけ、といって回数券を一冊わたして下さるのだった。

「弁当ももってゆけ。皮ぐつも買うてやる」

新しい弁当箱や、皮靴もそろえて下さった。瑞春院にいたころは、私はゴム靴だった。中学生になると、教練があって、ゲートルまいての登下校だった。だが、ゲートルは皮靴でないと似あわなかった。ゴム靴をはいていると汗ばんできて、よく教練で、特務曹長にからかわれた。オイチニの徒歩訓練中、足に力が入ると、ゴム靴はすっぽぬけるからである。松庵和尚はつまり、そのようなことを訴えても、私に皮靴を買ってくれなかったのに、玉龍庵の良谷和尚は、自分の弟子でもないのに、とにかく、身柄をあずかって、まるで、自分の子のようにやさしくして下さったのだった。私は、それで、紫野中学の三年生に進級出来た。

ところが、こんなことは長つづきしなかった。松庵和尚から良谷和尚へ訴えがあり、私が瑞春院へもどることを拒否したので、良谷和尚も、私の処置に困って、どこか、他山の小僧にと、天龍寺派の等持院を世話して下さることになった。それで、私は約四ヵ月ほど、玉龍庵にいて、翌年に相国寺を去った。

今日瑞春院を訪れてみると、ここは女性専門の民宿になっている。現住職須賀玄磨師が経営しておられるのだが、庫裡もそれで、昔といくらかかわって内装も美しいが、本堂と庫裡のL字型のたたずまいは変らない。本堂の上間(じょうかん)の間は八畳ぐらいの広さだが、襖は雁の絵である。墨絵で描かれた雁は、十数羽いて、池畔とも思われる岸のあたりをとんだり、羽をやすめたりしている。私は、この雁の絵を見るのが好きで、よく雑巾をつかいながら眺めたものだ。雁は白い胸をふくらませて、空を仰いでいたりした。内陣の間は今尾景年(けいねん)の孔雀である。金泥の襖だが、孔雀はみごとに羽をひろげている。下間の襖は雀の絵である。

いつの時代からそうだったのかしらぬが、本堂も、本堂にいたる扉にも、鳥ばかりが描かれていた。

私は、この稿を書くにあたって、久しぶりに瑞春院を訪ねて、本堂に詣で、松庵師のお位牌に合掌してから、これらの襖絵を拝見して廻ったが、子供の頃の瞼にのこっていた鳥どもが、啼き声をたててよみがえる気がした。雁も雀も孔雀も生きていて眼頭が熱くなった。

松庵師がまだ健在だった頃、終戦の年に私はここを訪れているが、当時は本堂前の庭も畑にかわり、南京やトマトのつるがはびこっていて、杉苔の生えた、いまの美景はなかった。戦争中に荒れたのだった。それを、松庵師の逝去後、現住職が復興されて、今日の静かなたたずまいが保たれている。

「これをご存じですか」

私と同じ大工の子で豊後出身といわれる現住職は、私に一通の古い封書を見せて下さった。「相国寺内山盛松庵様」としてあり、差出人は水上覚治とあった。私の父の名である。昭和四年、私がまだこの寺にいた頃だ。父は松庵和尚にあてて封書を出したのだろう。手紙の中から、私の戸籍謄本も出てきた、と現住職は見せて下さった。私は、それらに眼を落していて、五十年前の、霜焼け手がよみがえって、ゆっくり見ておられなかった。

瑞春院には、私のくくられた柿の木ものこっていたし、肥汲みもした孟宗藪も健在だった。裏庭には、なつかしい木蓮も咲いていた。つつじや槇もあった。南天もあった。万両もあった。それらは、私の少年期から少しも大きくなっていなかった。あるいは、当時の木が枯れて二世だったかもしれない。杉苔はふえて広くなり、藪へゆく道も狭くなっていた。

瑞春院かりん図（1982）

本堂うらの廊下を歩いていると、ここに住んで、展覧会入選を目ざした、画家たちの顔がうかんだ。松庵師は、どこから見つけてくるのか、絵描きさんに間貸ししていた。服部双柳子という画家は印象ぶかかった。子供の私にもすばらしいと思われた絵を一夜にして、まっ黒にぬりつぶして、またはじめから描きなおしていた。そんなことをやっているうちに出品に間にあわなかったという話をきいた。髪をぼさぼさにのばした背丈の高い、猫背の人だった。いかにも、風狂画家といったタイプの人だったが、さて、この画家はどうなったか。もちろん、私はその消息を知らない。本堂の上間も、下間も、画家たちが占拠したのは、毎年秋末から冬にかけてだった。約半年間ぐらい、画家たちは、それぞれの部屋に、赤毛氈(あかもうせん)を敷いて、七輪に「行平」をかけ、ニカワを煮ていた。

玄関にある大きな「衝立」にも雁がえがかれていた。昔のものだった。どうして、瑞春院に雁の絵が多かったのだろう。現住職にきいてみても答えはなかった。

玉龍庵へ行ってみた。内側へ入りたかったが、現住職が病中ときいて足がくじけた。それで、まわりを一周した。竣工まぢかだった庫裡も本堂も、いまは古くなっていて、門内に中年女の姿があった。現住職の奥さんらしかった。私の記憶にまちがいなければ、現住職は坂根集淵といったはずである。私がここから、紫野中学へ通った頃は、良谷師の弟子として、新命になったばかりで、どこかの僧堂におられた。良谷師の奥さんの赤い腰巻きをひき出してきて、袈裟じゃ、袈裟じゃと、山内を肩にかけて歩いたという逸話のある方だった。会いたかったが、病中なのでは、致し方なかった。思えば、良谷師にも若い奥さんがいて、その女性に勝という男子があった。室町小学校へ通っていたが、この少年は奥さんのつれ子だった故、僧籍はなかった。あるいは、今日の新命がその人なのか、私にはわからない。

相国寺境内を歩いていると、私は、自然と身がちぢかむ。破戒坊主のうしろめたさからである。そうして『雁の寺』というような小説を書いて、和尚殺しなど空想してみた私だけに、尚更、うしろめたいのである。もちろん、今日も、私は相国寺内のお坊さんたちには、迎えられざる客である。先年、私の作品を劇化したいために、ある演出家が、本山見学を申し込んでことわられている。『五番町夕霧楼』の映画化の時は、撮影に庭も貸して下さった和尚さまもいたそうだが、なぜか私は、きらわれているらしい、身がうんだ錆だからしかたがないが、お坊さんたちにきらわれても、私はしずかに歩くのである。そうして、私が昔歩いた道の小石をひろったり、土塀にさわってみて何やかや考えているのである。

それでいい。歴史は私の心の中にしかないのだから、眼をつぶれば、松庵和尚も出てくる。良谷和尚も出てくる。織物の展示場に化けている本山の白砂青松（はくしゃせいしょう）は私には無縁なのである。めぐりあっていながら、私が捨てた正師たちが、眠っている墓は、山内大光明寺のよこにある。私はそこへ入って、ひそかに、松庵師の墓に合掌すればいいのである。墓地から、東を見ると、ふかい孟宗藪があって、瑞春院の甍が見えがくれしている。私の肥もちした藪がつづいているのだ。松庵師は、その私を地底から見ている。

いま、私の書斎の机上に、青いボケの果が一つある。ボケといったが、ボケともちがって、妙な形をしている。あるいはカリンといってもいいかもしれぬ。この果は、瑞春院の須賀玄磨和尚から送っていただいた。世田谷の家へ頂戴して、家内が、私の信州の書斎へ送ってくれた。なつかしいあまりに、机上において、時々、手で撫でたりしながら、和尚さんの手紙と、このボケにまつわる思い出をかみしめている。

玄磨和尚の手紙によると、この果の名称を和尚さんもはっきりご存じない。瑞春院の本堂裏廊下と書院の廊下の角から、ちょっとはなれた地点にある古井戸のわきに、この果のなる木が植わっている。いつからあるか。和尚さんの赴任以前からのものであることは確かで、中国産の果樹ときいた。樹はそう大きくはない。日本のボケに似ており年によっては稔らぬこともあるが、ことしはたくさんなったので、あなたに送る、とある。果は一見して、なつめの大きなものといっていいが、やはり、どこか中国くさいのだった。日本では見かけられぬもので、遠い異郷の地で、在所の果を頑固に稔らせている感じが憎い。二十個ほど送っていただいた。

私もじつはこの果に記憶はある。五十年前になるが、古井戸は、まだ使用されていて、竹の簀でフタしてあったことをおぼえている。本堂裏のふき掃除は、庫裡の井戸では遠かったので、師匠から古井戸の水を汲んでバケツに入れた方が便利だと教えられた。霜焼け手で汲んでいると、そのわきに、桃いろの花のさく、しょぼついた細い木があって、たしかに果がなった。果がなっていたというだけのことで、記憶はもうおぼろだが、今年になって、玄磨和尚から送ってもらって、はじめて、ゆっくり手にしてみて、昔、師匠の眼をぬすんで、それに嚙みついた記憶があるので、玄磨和尚から頂戴したのを、試みに、ガブリと嚙んでみた。すっぱく、にがい。子供のころも、たしか、こんな味だった気もした。

だが、これは、私の幻の記憶かもしれない。こんな果のなるボケとも、カリンともつかぬ木が、そこにあったのではなく、べつのものだったかもしれぬ、という思いもある。だが、いま、送ってもらったものの残りを（瓶に入れて砂糖漬けにしてしまったので）手にしていると、複雑な思いが湧いて、瑞春院の庭をふく風が、信州の書斎までしのびよってくるのだ。

玄磨和尚の温まる心づかいは、じつはこの五月に、私が瑞春院を訪れて、中国の作家団と共に和尚の歓待をうけて、久しぶりに歓談した縁による。

私は前回に、相国寺本山から敬遠されているという意味のことを書いた。これは事実である。私が書いたものの中に、『雁の寺』や『銀の庭』があって、遠からず、今日の臨済禅を守る伽藍護持の本山のありようと、観光礼讃のありように私なりの、犬の遠吠えに似た批判のようなものがないとはいえない。しかし、それは私の心根にあるのだから、致し方がない。それを偽ってぺこぺこしてもはじまらない。それで、敬遠されれば、私の不徳だから、受けていなければならないのだが、そういう私にも、私の人生の出発といっていい本山であるし、塔頭でもあるから、なつかしさはあるのだ。

　中国作家団は、代表的な評論家周揚(しゅうよう)氏を団長とし、作家欧陽山(おうようさん)氏を副団長に、いま中国で名を張る陽沫女史、柯岩女史を含む十一人、押しも押されぬ作家詩人ばかりで、この人たちと、私は名古屋で記念講演をやったあと京都に滞在、都ホテルで同宿していた。翌日から三日ほど団は京都に滞在して、名所旧跡を参観することになっていたが、私にその案内役がまわった。私はよろこんでひきうけたのだが、翌朝、団員の誰かから、スイシャンメン（水上勉）の育った寺がみたい、との申し出があって、それが、通訳さんから私につたわった。何でも中国開封(かいほう)市に同名の相国寺があって、この寺に詳しい作家がおられ日本の相国寺に関心がわいたとのことだった。私は困った。相国寺へ案内したいが、敬遠されている破戒小僧である。私が仲介しなければ、相国寺はよろこんで歓待しようが、私がいてはまずい。そこで、思案した末に、私は瑞春院へ電話をかけて、かようしかじか、だといった。玄磨和尚は、男っぽい人で、「すぐいらっしゃい。お待ちしております」といって下さった。私は感動した。正式に私が、瑞春院から迎えられるというと変だが、異国の外人作家をつれて伺うというような公式訪問を許可して下さったのはこれが最初であった。私は、玄磨和尚に感謝すると共に、生きてきたことのありがたさを噛みしめた。

マイクロバスで烏丸上立売から東門に至り、そこに車をやすめて、中国作家団を案内していくと和尚は墨染の衣に黄の略袈裟をかけて、玄関に出てこられ、にこにこして迎えて下さった。私たちは、雁の襖絵のある本堂上間の間で、抹茶とお菓子のご馳走にあずかった。和尚さんは、十一人の作家や通訳の下座にすわっていろいろと寺のことを説明された。

作家団は、私が残忍な和尚殺しの小説を書いたことをうすうす知っていた。そのモデルとなった寺の、しかも、その小説の主題を表現する雁の襖絵が、とりまく部屋にすわって庭を眺めたり、内陣の仏壇を眺めたりしておられるのだが、話はしぜんと、私の少年時に赴くようだった。私は立って内陣へゆき、松庵和尚の霊前にぬかずき、磬（きん）を一打して合掌すると、それを見ておられた周揚団長が、私と同じように磬を打って合掌された。

私には、襖の雁の絵や、古いまま手入れもゆきとどいて、残されている本堂の周囲の、すべてのものがなつかしく、ありがたかった。玄磨和尚は、作家団に裏廊下を歩かせて、梅林や、ボケの木を説明しておられた。中国作家の中で、このカリンともボケともつかぬ木について、説明してくれる人はなかった。もっともといえた。花は散っていたし、果にはまだ早く、老木に青い葉がとびとびについているだけだったから。

私たちは、約一時間を本堂にいて、瑞春院を辞した。その間を、ていねいに案内して下さった玄磨和尚に、私はいっそう親しさをおぼえたが、和尚は前住の私の師匠とちがって、九州出身で、国東の辺境に育ち、私と同じ大工の子だとおっしゃっていた。それをきいただけでも、縁が感じられた。在俗の子が出家するのはめずらしいことではないが、同じ京都の一寺へ大工の子がふたり縁をもったのである。一人は破戒僧となり、一人はしあがった禅僧として。その運命のようなものが、私に複雑な考えをもたせ、私は、そういう仏縁の中で、もう一人の大工の子が、僧侶として、瑞春院住職となっておられることに、他の寺院に感じられない結縁を思ったとしても、本山にゆるしていただきたい。これは人間的なものであって、哲学や思想と程遠い、腹のなかからわいてくる私の思いであった。

中国作家団が、人出の多い名所の寺に倦いて、どこかひそかな寺を訪れたいとされた意をうけて、瑞春院へ案内したことに満足をおぼえた。こういう縁をとりむすんでくださった玄磨和尚に合掌したかったが、私はそのことを口にはしなかった。黙って、ただ、辞去してきた。

その私の心が透けて見えたか、六月はじめに、中国へ行って、十六日に帰国してみると、めずらしいボケとも、カリンともわからぬ、中国産の果物の到来なのだった。心にくいほどの、和尚の配慮が身に沁み、二十個の全部を瓶に入れて漬けてしまっては、淋しいので、翫りかけの一個をいまも机上において、眺め、撫でして、果のいのちに没入しているのである。

こんなことを書いてくると、私という人間が、遠い少年時に、苦しみ、悩み、恨みを感じた瑞春院への複雑な暦を洗いながして、ただ、もうなつかしさに身をひたしていることに気づかれよう。そう思っていただいてまちがいはない。

ところで、もう一つの報告がある。やはり瑞春院にかかわることだが、これは先に、ちょっと照会しておいた赤松円心の菩提寺、法雲寺の住職を、代々瑞春院住職が兼務してきた事についてである。さいきん、私は、藤本哲氏の『赤松物語・播磨燃える』と『赤松氏の史料と研究㈠』なる書物を藤本氏から送っていただいた。両方を全部読了してはいないが、二著はまことに労作であって、前者は『赤松円心』の著者らしい一等資料をもとに、赤松家を中心とする播磨戦国史物語であり、序を寄せられた新田次郎氏が賞讃しておられる通り、まことに赤松に命をかけた執念の所産である。後者は、その資料の公開で、藤本氏は、さらに、研究㈡の発刊もまぢかい旨を別の便りで私に告げてこられたが、近くの若狭に生れながら、播磨赤松が、これほど、日本歴史の本道に参加し、大きな流れの中で浮沈の家系を保っていることに、ふかい感銘をおぼえ、不勉強を恥じざるを得なかった。この二著に、法雲寺が登場してくる。円心の菩提寺であるから、当然ながら、その「金華山法雲寺抄」にこの寺が名僧雪林友梅の開山で、往時は七堂伽藍もそろい、塔頭寺もあって、幕府が播磨国唯一の禅刹、祈願所としてから、名をとどろかせ、多くの武将、文人墨客の帰依を得て栄えている。だが、嘉吉の乱によって灰燼に帰したのを、京都相国寺雲頂院、つまり瑞春院の天啓和尚が宝永年間に赤松に遊び、同寺の頽廃していることをなげいて、赤松氏の後裔である久留米の有馬侯の基金を得て復興、円心の廟堂、釈迦堂、観音堂を建立、正徳元年に四百年忌の法要を営んだという。この天啓復興の伽藍も、ふたたび頽廃して、今日に至っているのであるが、天啓和尚の代から、代々瑞春院住職がここを兼務し、私の師匠であった松庵師も、現今住職の玄磨和尚も、その伝統を守って兼務しておられるのである。法雲寺の歴史は、つまり瑞春院の歴史である所以で、本山相国寺もまた応仁の乱の発火点であったことを思いあわせて、戦国史の本道に、瑞春院が大きくかかわる事実を、私はあらためてしらされた。もちろん昭和の御大典にここに入って、得度したものの、脱出して還俗した落第小僧の私に、そういう重い歴史のなかで息づいてきた、瑞春院の古いことどもについての意識はもちろんなく、ただ、和尚が何かの折に、「法雲寺へ行ってくる」といって出かけられた日のことをおぼろげにおぼえているにすぎないのだった。

ここで、私の師匠山盛松庵和尚が、瑞春院の庭に、いまも数多くある梅樹を愛して、六月がくると、鈴生りにみのる梅を収穫して、師独自の方法で、畑の朱紫蘇とともに、梅干漬けされ、私も手つだったことを思い出した。もっともこれも、玄磨和尚から送られてきたボケともカリンともつかぬ果を眺めて、よみがえったことであるが、松庵和尚は信楽の大壺に梅干を入れると、表に和紙で、年号を記して土蔵にしまっておかれた。土蔵は書院の奥の、竹藪に接した陽かげ地にあった。年に一度、土蔵そうじといって、内へ入ると、仏具什器のいっぱいつまった一階の隅の段に、梅干漬がずらりとならんでいたのをおぼえている。

いまから四年ほど前になるが、松庵和尚の逝去後、この瑞春院を出られただいこくさんの多津子さんと、そのお嬢さんの良子さんに会いたくて、某テレビ会社を介して面接を申しこんだところ、惜しくも多津子さんも逝かれた一年後のことで、私は、和尚さまにも、奥さまにも、会わずじまいになった悔恨をかみしめたが、たった一人生存の良子さんに会うことが出来た。その時、良子さんが、私への土産として、「大正十三年」としたためられた梅干を持参して下さったのにはびっくりした。梅干はタッパウェアに入っていたが、勘定してみると五十三年の歳月を経たもので、それにしては小さなやせたものだが桃いろがかった色に塩がふき出て、まだ多少の水気があった。私は大正十三年に思いを馳せた。それはまだ、若狭にいて五歳だった。なぜに、そのような古いものを、と訊いてみると、奥さまが晩年、私の書くものをよんでおられて、もし、私に会うことがあったら、この梅干をすそ分けしてくれ、とのことで、良子さんは、それを私への奥さまの遺言として届けにきた、とおっしゃった。私は眼が熱くなった、というより、躬がぴしりとしまった。

大正十三年は、多津子さんが瑞春院へ嫁にこられた年まわりで、その六月は梅がとりわけ豊作で、新婚だった奥さまは、和尚とふたりで、庭に出て、梅を収穫し、梅干づくりにせい出されたそうである。その梅干が、土蔵にしまわれ、誰も手のつけぬまま五十三年のこっていて、和尚の亡くなられたあと、瑞春院を出なければならなくなった際、何か形見にと、土蔵へ入ったところ、母娘の眼をとらえたのが、信楽のその壺だった。母娘はこの壺を抱えて、寺を去った。

私はこの話を良子さんからきいて、涙がとめどもなく流れ、小さなやせた古梅干が、宝石のような気がして、手も出せず大切に信州に持ち帰ったのだった。

私はそれから、何日かして、深夜、鳥も寝しずまった時刻に、タッパウェアの容器のフタをあけて、その一つを口にしたのだった。

読者で、五十三年もたった小さな、かわいた梅干の味を知る人は少なかろう。何ともいえぬにがい、からい、すっぱいもので、私はしばらく、舌の上にのせていたが、吐き出しそうになった。この梅はいつまでたっても、にがさが走るので、どうしても、のどに通らず、かたわらにあるティッシュペーパーへ手がいって、吐き出しそうになった。この時、どこかから声があって、吐き出しなぞしたら、罰があたるときこえた。私は、しばらく、その声に耳すまし、顔を仰向けてきいていたが、涙はとめどもなく流れて、口に入った。その涙が、かわいた梅干をやがて水びたしにして、やわらかくつつみ、固くにがいものは、しだいに甘みを舌にまつわらせて、私の口の中でゆたかにころげだした。

甘露ということばがあるが、仏のくれる慈味とは、かくなるものか。私はしばらく、その甘い味をかみしめて、闇の中にすわっていた夜のことを、いま思いだしたのである。

松庵和尚の漬けられた五十三年前の梅が舌にのったように、いま、私の舌には、後住の玄磨和尚の送って下さったカリンのしぶ甘い、奇妙な中国特産の香気をもった果の汁液が舌にしみている。これは、瑞春院の本堂うらの古井戸わきにあった、あの小さな樹が、あるいは五十年の歳月を、折れもせず生きて、かような二十個の果をみのらせたのであったか。それとも、何年かのちに、一度は折れしぼんだことがあって、それがまた再生して、いまの果をむすぶようになったか、そこのところはしらないが、玄磨和尚の文面の裏に、私をして、仏縁のありがたさ、ふかさをしらしめ、甘露の何であるかをそこにかくされてある気がするのも、さきの梅干がのこっているからだった。

こんなふうに書いてくると、読者は、相国寺塔頭瑞春院が、私の精神史にとって、いくつもの曲折をあたえながら、五十年の暦に息づいていることを知っていただけたと思う。この寺を脱走して、和尚夫妻を恨み、憎みして生きた二十代。悔恨の三十代。四十代の文学生活の開始。いずれにしても、『雁の寺』にあらわれているように終始して私は、「戒律と女犯」あるいは

「建て前と本音」あるいは、「一所に安定したき心と一所不住の心」あるいはまた「蓄財願望と無所有のゆたけさ」「出家によってはじめて抱き直す家との絆」小僧時代に誰もが苦しみもがいたろう諸問題の、いまだに解決の糸口さえつかめず、ある時は、これらの矛盾の同一に大笑し、ある時は矛盾のきしみに狂いして、生きてきた短い凡庸の生の暦をふりかえらざるを得ないだけである。

私はこういうことを書いていても、いま、机上にあるカリンが、私にささやく声をきく。それはちょうど、松庵和尚の梅干が、私に甘露を教えたように、カリンもまた、私に物をいっている。

それはどういう声か。

ここにそれを読者につたえることは到底不可能である。ある朝は、カリンは私につよい刃物のような光をみせて迫り、ある夜は、やさしく、私の眼を吸いつけて、微笑するのである。

中国作家団の諸氏を私は瑞春院の本堂に案内した際、欧陽山氏が、私に質問した声をはっきりおぼえている。

「あなたは、いまも仏教信者ですか」

私は少し間をおいてこたえた。

「仏教の信者ではありません。無宗教者です。しかし」

欧陽山氏は私のことばが通訳されるのに耳をすましながら微笑して私を見つめておられた。私はつづけた。

「九歳から世話になって、二十歳までいた禅宗寺院は、私の精神にかけがえのないものを残しました。いや、植えつけました」

通訳は、これをまた告げた。氏はさらに微笑してうなずかれた。私はさらにいった。

「かけがえのないその思いは、死ぬまで私にまといつき、私は、僧者でない身でありながら、血肉にまといついてしまっている仏教というものの正体について、これからも考え、考えつめて生きねばならない、そのことが、私にとって重要であることがわかるのです」

通訳さんのことばは、中国語である。私のいわんとした心が、どのように解釈されて、この高名な作家の耳につたわったか、知ることは出来なかった。ただ、微笑の顔を、時々、ひきしめて、耳すませておられた欧陽山氏が、その仏教をわが国につたえた、唐代の、あの純禅をつちかった風土の人であることを、私は信じてそのことをいったのだった。

衣笠山等持院

万年山等持院は、衣笠山麓にある。臨済宗天龍寺派別格地京都十刹の一つ、足利尊氏の建立した寺で、尊氏の菩提寺でもある。境内に宝篋印塔の墓や、足利累代将軍の遺髪塔があり、本堂よこの霊光殿には、尊氏から十五代義昭将軍までの木像が安置されている。足利家とながいかかわりをもったことが知れる。その足利家は、軍国主義下では国賊尊氏の裔といわれ、維新当時も何かと眼の敵のようにされて、たとえば、勤皇派の浪士が等持院を夜襲、尊氏の木像の首を斬ったりした伝説がある。維新時にかぎらず、それ以前でも、等持院の名は登場している。応仁の乱の時は、一方の大将の屯所になり、兵火もあびている。代々の将軍は、初代の墓所でもあったから、しょっちゅう法事を催した。だが、その室町期の建物は消失し、今日ある方丈、庫裡は江戸期のもので、福島正則が建立した。徳川家康は、足利家と因縁があったところから尊氏を敬い、正則の建立もこれにかかわっている。

私が、この寺の徒弟になったのは十四歳の時で、それまでいた相国寺内瑞春院を脱走して、しばらく玉龍庵にいたのを、若狭の遠敷郡矢代村の海泉寺の住職の世話で入った。海泉寺住職は柳沢承碩といい、等持院の出身で、当時の住職二階堂竺源師の弟子であった。

二階堂竺源師は、越前大野の人。三十五歳で前住北溟和尚のあとを継いだといわれる。天龍寺派でも別格地の由緒もある大寺だから、竺源師に相応の力があったとみられるが、私が入山した時は六十八歳で、すでに老境にあられた。ところが、師は小僧を育てることが好きで、五十人近い弟子を世に送られた。最高弟は宮津国情寺の住職。若狭の承積和尚も、それから五、六番目ぐらいに当る。私など五十番目に近い。

それ故、私が入った時には、七人の小僧がいて、いずれも私より先輩であった。平野小学校を出ると、花園中学に通っていたが、卒業して僧堂へゆく直前の者もいて、広い庫裡には、荒々しい小僧がごろごろしており、瑞春院の暮しに比べて何かと先輩小僧に威嚇され、ちぢみあがった日のことをおぼえている。

寺はずいぶん荒廃していたが、現今よりも風格はあった。まず、山門から中門にいたるアプローチが美しかった。両側の土塀から巨松が枝をさしかわし、なだらかな坂道が、瓦ぶきの中門に吸われて、その門も四本柱が虫喰いもあらわで、かたむいていた。この中門は、現在は取りはらわれて、コンクリートの塀と門になり、途中の坂は、土塀が消え、人家が建っている。したがって、坂は三分の二ぐらいけずられて、ラチもないただの入口になった。

中門を入ると、左手に聖天（しょうてん）池とよばれるかなり広い池があった。橋のかかった中の島には、祠（ほこら）があって、そこに聖天様がまつられていた。このあたりも、いまはなぜか埋めたてられて、造成地に変った。右手は広い松林で、遠くに庫裡のそり棟と、方丈の建物が、土塀をめぐらせ、うしろに衣笠山を形よく屏風のようにみせて浮き上っていたが、この松林も切り売られ、一般の墓地になってしまった。したがって、往時の幽邃(ゆうすい)さは失せ、ただの街なかの寺院である。

庫裡のうしろには、茶畑が遠く衣笠山までのび、二つの池があって、一つは寺内裏庭の芙蓉池の水とり口だったのが、ここも埋められて、いまは立命館大学の校舎が高く混みあっているため、衣笠山は、方丈裏の縁から眺めても、借景のすばらしさがなくなった。

こんなように書いてくると、等持院ほど、ここ二十年間のうちに変り果てた寺はめずらしい。同じ衣笠山をめぐってある金閣寺、龍安寺等は、昔どおりの敷地を守って、名残りを懸命にとどめているのに、この寺だけは、周囲がむざんといえるほど、大学、人家に迫られ、風格を失ったのである。やはり、足利尊氏の菩提寺ということで、人が省みないこともあって、経営難に拍車をかけ、どこの寺でもそうだが、屋敷の切り売りをやった結果というしかない。

私たちの師匠時代も、楠正成が忠臣時代だから、尊氏の墓を守りすること自体が国賊行為といわれて、拝観客もなく、檀家といっても、当時同志社大学の理事をしておられた足利武千代という、尊氏の末裔の人が総代だったが、そのほかは、これといった檀家もなかった。したがって、五十人もの弟子を育てた竺源和尚の財源は、広大な境内の正面空地を東亜キネマに貸して、その家賃をとりたてることだった。東亜キネマは、河部五郎、市川百之助、羅門光三郎(らもんみつさぶろう)、原駒子、五十鈴桂子など人気俳優が、娯楽映画をつくった無声映画全盛時代の花形会社だった。

衣笠貞之助氏なども、女形で出入りしておられた縁で、私がいた当時檀家になられた。今日も氏の永代墓地は、衣笠山下にあって、本名の小亀家と彫られた墓石があるはずである。衣笠さんは、等持院の庫裡に下宿されてもいたので、よほど衣笠山の風光がお好きだったのだろう。衣笠というペンネームの由来もそこにあるかと思われる。その縁で、のち松竹下賀茂や、新興キネマなどから、寺を撮影に借りたいといってこられるようになり、一時期、等持院は映画の撮影のない日はなかった。

　映画監督が、自分の名に冠したいほど、当時の衣笠山は美しかった。監督ばかりではなかった。同じ境内にアトリエを構えられた小野竹喬(ちっきょう)先生の静かな画境も無縁ではあるまい。そのほかに天龍寺管長関精拙(せきせいせつ)師の自坊功運院、羅門光三郎ほか俳優たちの家も近くにあって、寺は荒廃こそしていたが、一種の文化村といえた。

　私はそういう時代の小僧だったから、毎日のように、撮影隊のくるのが待ち遠しかった。おぼえているものだけでも、山中貞雄「足軽出世物語」、石田民三「恋慕吹雪」、衣笠貞之助「二つ燈籠」などがある。当時は三橋式といって、アフレコのトーキーだったが、私たちのお経をよむ音を衣笠監督が、大作「忠臣蔵」や「二つ燈籠」に吹きこまれたことをおぼえている。石田民三監督は、門前の鳥原タバコ店の二階にいて、ドテラ姿での撮影だった。鈴木澄子や坂東扇太郎が主演だったのである。

そういう撮影隊は、境内だけでなく、方丈、庫裡、霊光殿へゆく太鼓橋、裏庭園などを使った。尾上松之助が一週間で、「忠臣蔵」を撮った時は、「松の廊下」は方丈の縁だったし、一力茶屋は庫裡の「書院」だった。討入りの吉良屋敷も、方丈前庭の「唐門」がつかわれ、「忠臣蔵」全篇が等持院で完了している。つまり、寺は内も外もあげて、撮影セットの役割を果した。いまでも、私は、嵐寛寿郎の「むっつり右門捕物帳」の撮影の際の「銀紙もち」をしたことを思いだしている。「銀紙もち」というのは、太陽光線を銀紙をはった戸板のようなものでうけて、それを俳優の方へ向ける係である。ライト係の前身といってよい。石田民三さんも、よく、私たちが撮影を見物していると、

「小僧さん、ちょっと、これもってヽか」

といって、銀紙を私に持たせ、よーし、はいっとカメラマンをどなりつけた。

この撮影のための本堂、庫裡、庭園の借用料はいくらぐらいだったか知らない。おそらく、映画会社は貧乏なところもあった故、笠源師の手許へ入る金は零細なものだったと思う。しかし、この収入が、私たち小僧の中学へ通う学資となり、師が隠寮でくらす二階堂一家の生活費だったのではないか、と思う。もちろん、表の空地にセット二棟、事務所一棟を建てていた東亜キネマの借地料もふくめてである。

だが、この東亜キネマも、昭和五、六年頃から左前になった。日活、ＰＣＬ、マキノプロ、

美山秋（ 1982 ）

嵐寛プロ、新興キネマの隆盛で、一時、東亜キネマあとは極東キネマという名称にかわり、大きなセット一つのこして、あとは解体された。そして、その空地の方も、草茫々の荒涼たる風景となった。私が十八歳で笠源師の急逝にあい、寺を出る頃は、このキネマ跡は、見る目もむざんな荒地になっていた。

映画とのかかわりを書いていても、紙数がつきない思い出はある。話を寺院内部にうつすと、笠源師には若い越前出身の奥さまがおられた。そうして、その奥さまには、先夫のお子さんが二人あり、その上、笠源師とのあいだに、お子さんが二人うまれて、隠寮は子供らの声で、いつもにぎやかだった。また、笠源師自身にも、先妻とのあいだに龍谷大学へ通う息子さんがあって、隠寮は大人数なのだった。

私たち小僧は、これまた七人の序列きびしい兄弟子、弟弟子のしきたりの厳守されている庫裡生活で、法事、檀家廻り、読経などはもちろんつとめねばならないが、毎朝の勤行も、本堂、霊光殿の二カ所をすまさねばならず、ふき掃除、庭はきもふくめて学校へゆく前に多忙なつとめをやらねばならなかった。学校から帰っても、庭はき、肥汲み、草とりが日課で、世間の子供らのようにあそべる時はなかったのである。それだから合計三十人ぐらいの撮影隊がきて、走りまわる光景はおもしろく、小僧の生活をわすれて夢中になったのだ。

いまになって思うと、この映画とのかかわりを断ち切れずにいた等持院にいたればこそ、私は今日のような芝居や芸能への関心の根がつちかわれたのではないかと思っている。私が、『雁の寺』で直木賞をうけた時、京都上七軒に悠々自適の生活をしておられた石田民三さんが、

「ああ、この小僧は、わしも見たことがある」

ともらされたときいたが、それほど、私は、石田監督がドテラ姿で監督されるのに、ぴったりくっついて、銀紙もちをしていたらしい。

竺源師は、隠寮から、北へ奥まったところにオンドル式の別宅を建てられて、そこで、陶芸をはじめられ、五百羅漢像や、仏前に供える茶碗を焼かれるのが楽しみで、私たちもよく手つだわされた。五百羅漢は、たしかに五百体はあって、出来あがったものは、霊光殿うらの「心字池」の中央にあった「明音閣」に安置された。明音閣は、朱ぬりの二階建てで、方形の屋根が金閣のように羽をひろげた形を美しくみせて、池面に影をうつしていた。

さらに、この心字の池から、尊氏公の墓の前を通ると、方丈うらの芙蓉池だった。相阿弥の作庭ともいわれているこの裏庭は、池が芙蓉の花のかたちをしていて、中の島には無数の石組があって、つつじ、どうだんが苅りこまれて丸く岸まで被い、水際にはあやめが密生し、大きなのは八十センチぐらいの大鯉が泳いでいた。そうして、この池から、石段をあがると、高みの一角に、「清蓮亭」という八代将軍義政が愛好した茶室があった。たまに来た拝観客を、私たちは、衣を着て迎え、この茶室まで案内して、次のように声をはりあげて説明したものだ。

「これは清蓮亭、八代将軍慈照院殿義政公好みの茶室、向うの天井まえらの天井。床柱は妙心雪江の松でございまーす」

清蓮亭から、右へ段々を降りてくると、織田有楽斎が植えたとつたえられる、子供が抱えきれぬくらいの太さの大椿があった。「侘助椿」と私らはよんでいたが、春さきに、うす桃いろの小ぶりな花が、紋をおいたように咲いた。

そういえば、「侘助椿」だけでなく、花の多い庭園だった。季節季節に、水源でも花は咲き、樹の間にも、白や赤の花がこぼれていた。今日もこの方丈裏庭だけは昔のおもかげをとどめて、「侘助椿」の咲くころは、観光客もふえている。

庭園のうしろは茂った孟宗藪がつづき、その藪がうらの茶畑に接する境界は、楠や椎などの森になっていた。したがって、借景の衣笠山は、その森の北方にうき出ていたのである。ところが、いまは、この椎や楠が伐りはらわれて、大学の建物がそびえているため、寺は、まるで、大学の敷地を借りたような、小さい規模となり、私たちの師匠がいそしんだ陶芸小舎の裏藪はなくなり、大学生のための喫茶店に化けている。

子供心におぼえているのは、大学がまだ建っていないころ、茶畑を通って山麓の方へゆくと、櫟（くぬぎ）や欅（けやき）の林が、それぞれ季節の表情をかえて、天に向って細い枝をさしのべていたけしきである。その欅林の下へゆくと、衣笠山はもうすぐそこにはじまっていて、裏白の葉が海のようにひろがり、杣道(そまみち)が赤くのびていた。私たちは下駄ばきで、山のてっぺんまで登った。そんな一日、私は小野竹喬先生が、スケッチブックをもって欅林の道にたたずんでおられた姿をみている。先生は、この衣笠山麓がお好きで、よく写生をかねて散歩しておられた。そういうお姿もなつかしいかぎりだが、先生も、この稿を書いている数日前に逝かれた。八十九歳だった。

一日、先生のご仏前に合掌したあと、等持院境内を歩き、さらに大学構内をよこぎって、墓地から、衣笠山中腹に出来た自動車道の真下まで出て、変り果てた麓のけしきに感懐をふかめて帰ったが、考えたことは、五十年近い歳月を経た寺院が、いまでは、観光寺となって、金銭を得る手段として、経営されていて、昔のように、塀の外から、近所の子らがあそびにき、蛙をとったり、トンボをとったりして、池畔を騒いでまわる光景のないことだった。外の子供がきて、小僧の私たちも、時には合流してあそんだものだが、いまは、寺には小僧は一人もいない。玄関に金銭を受けとる執事役の人がいるだけで、法施のひとかけらもない寒々しい寺となったことへの寂莫である。

私たち七人の小僧がいたころ、八月二十二日に地蔵祭りがあった。この日は等持院の町内のどこからも、老若男女が霊光殿へ詣った。

霊光殿には、十五代の将軍たちの木像のほかに、利運地蔵という、尊氏が尊敬した地蔵菩薩がまつられてあった。この地蔵尊への信仰が、町の人々にも沁みていたのだった。古書によると、尊氏は、戦さのたびに、地蔵を彫らせて、寺に寄進したそうだ。一つは、殺伐な人殺しをすませての凱旋だったので、怨霊鎮めの気持もあって、六道地蔵の道しるべといわれる地蔵菩薩信仰をはじめたのかもしれない。私たち小僧は、毎朝、この地蔵尊に経をあげている。町民には、この日は無料で開放して参詣をゆるし、「おだん」が配られた。おだんというのは、内にあんこが入ったウドン粉の饅頭だが油で揚げられていたのが特徴である。この饅頭は、檀家の寄進によるもので、もちろん善男善女の手でつくられ、寺へはこばれてきたものだった。私たち小僧は、それを盆にのせて、町の子供らにくばった。

　また、この日の夜は「映画の夕」になり、東亜キネマが貸し出してくれた本番ものを、境内の松の枝にくくりつけた白幕にうつして、子供らに観せた。弁士は小僧だった。私らの兄弟子に酒井承徳という声のいい人がいて、彼は、概ねこの映画係で、二、三日前から、キネマへ行って台本を借りうけ、練習をつんで披露した。私の行った年は、尾上菊五郎主演の「次郎吉格子」とかいったもので、承徳さんが台の上にのり、提灯のあかりの下で、蚊にかまれながら、熱弁をふるっている光景がいまもある。

　等持院は、嵐電停留所のあたりが等持院両町とよばれて、一条通りの高等蚕糸学校前まで、町内だった。宏大な地域のシンボルの寺だった。だから町内の人も数多くて、この映画の夕には、ずいぶん多勢の人が集まった記憶がある。私がよき時代だったというのは、つまり、そういうふうに、寺院が庶民と手をとりあっていたおもしろさをいうのであって、これは釈迦の教えが源流にある禅宗寺院として不思議なことでもない。上求菩提下化衆生（じょうぐぼだいげけしゅじょう）というのが、僧の生きる本旨なら、庶民階級の子が蟬をとりに塀をのりこえてきても自然である。それを叱りつける和尚のいる今日の寺院のありようを不思議に思う。そのくせ、金銭を払ってくる集団にはペコペコして、年じゅう無休で、開放するのである。釈迦は、こういうことを教えていない。利運地蔵像が尊氏の守り神だったのなら、庶民もまた、それにあやかりたいと思って不思議はない。地蔵信仰に戦前も戦後もないのである。

尊氏の墓は、宝篋印塔である。形のいい台質石に、塔が立っていて、生垣がめぐっている。その前に、佇んでいると、何人かの浪士が集まってきて、墓石を足で蹴りつけている百何十年か前の当時がうかんでくる。墓を蹴りつけたとて、意趣の晴れるはずもなかったろうが、その墓の前にあった幹廻りも大人が二人でも抱えきれないぐらいの大桜が瞼にある。幹の半分がめくれたような老木に、和田君示がくくりつけられて泣いていた。

和田君示といっても知らぬ人が多いだろう。東亜キネマの喜劇俳優で、時代劇ではヘマをやる御用捕手か何かで、客をわらわせていたが、主演映画も何本かとっていて、ペーソスのある鼻のひくい顔が売り物だった。その和田君示が、なぜ老木にくくりつけられて泣いていたのか、はっきりせぬが、泣く君示に向って、よーいはいッの声がして、カメラが廻っていた。

この等持院に、私は足かけ六年いた。竺源老師の遷化とともに、のこっていた弟子らは路頭に迷った。由緒ある名刹ともいえる寺なので、師のあとを継ぐのに、ご長男の承譓さんでは年が若すぎるという本山からの注文で、次の住職尾関本孝師が晋山されるまで一年ぐらい輪番制がつづき、天龍寺から、雲水が交代でやってきた。私たちはこの輪番制に反旗をひるがえし、還俗する者はいさぎよく寺を出たのだった。私の出る年まわりは、尾関老師が入山されていた。この老師は東福寺管長をつとめた人だが、故あって、東福寺を遁走、四国八十八カ所を巡錫中に、等持院へむかえられている。話題の多い人で、「遁管」というのがニックネームだった。天龍寺管長関精拙師の法弟で、同じ峨山門下である。私はこの師匠の隠事を一年つとめて脱走した。隠事とは、老師の女房役のような立場をいうが、朝から晩まで、酒を召しあがっておられる老師の性格にも批判的だったのと、竺源老師の在世中の、映画とむすびついた寺院経営のなりように魅かれていたのが、遷化とともに本山が監理するようになって、もう映画の撮影は中止されたからだった。

私は等持院を脱走すると、八条坊城の六孫裏へ急いだのだ。そこには、母の兄が履物屋をしていたからだった。

東山二条 産寧坂

瑞春院を脱走する前後の記憶に、東山二条のあたりと、清水の産寧坂の石段をうろついていた日があざやかである。

東山二条は、母が奉公していた履物屋と、瑞春院の檀家だった黒田家が隣りあわせていた。市電を降りて、二条を西へ入ると、当時は破れ土塀の真宗寺院に沿うて、道は少し弓なりにまがり、二条大橋の方へ消えていた。ちょうど、そのまがるあたりの下の側に、履物屋と雑貨屋がならんでいた。履物屋は「仲瀬」といい、母方の親戚で、若狭本郷岡田区出身の人が店主だった。店といってもそうひろくなく、八条坊城にいた順吉伯父の店と大差なかったが、六孫裏の貧民窟の店とはちょっとちがう上品さがあった。もちろん通りのけしきもちがっていた。店の正面はウインドウだったが、利休下駄や草履がガラス台の上にきれいにならべてあり、うしろ障子が透けていたので、奥の板の間の仕事場も少しのぞけた。

仕事場には、背のひくい、まる顔の主人が、夏はちぢみのシャツにすててこ姿で、あぐらをかき、下駄の甲をけずったり、歯をけずったりしていた。母方の祖母の弟にあたる人で、少年時に京都へきて、下駄つくりをおぼえ、この地点に店をもった。八条坊城の順吉伯父や、それから私の従兄の鉱太郎、千太郎のふたりがのち京都で、下駄をつくったり、売ったりするようになったのも、この「仲瀬」の主人のひきたてがあったからだときいた。母もまた十六歳で、子守りや、下駄の鼻緒のすげかえ、歯のさしかえを習ってのち器用な手をもつ因縁をここであたえられている。

仲瀬の主人は、晴何とかいう女のような名前だったはずだがわすれた。まる顔のイガ栗頭に鉢巻きをはなしたことなく、表通りを、ウインドウごしに見ながら、カンナをつかっていた。温厚な人柄で、隣家の黒田家に経をよみにゆくついでに、店をのぞくと、私の衣をきた姿をまばゆげに見て、

「きばって勉強さんせよ」

というようなことを、ぽつりといった。温厚ではあるが、どこかに、遠縁の私をよせつけないような所もあって、八条の順吉伯父にもったような、血族的な甘えのようなものは私に起きなかった。また、この仲瀬家には、当時、高等女学校や、女子大学へ通う娘さんが三人いた。背丈の高い、銀ぶち眼鏡をかけた細君は、履物屋の細君というよりは上流家庭ふうの物腰で、奥の間にいた。仲瀬家は東山通りの二条を上った地点にもう一軒の家（長男の自宅）をもっていて、細君はそっちの家から通っているけはいだった。なぜ、こんなことをおぼえているかというと、若狭から又従姉がきていて、東山通りのその家に下宿していたのを訪ねた記憶があるせいだ。たまに、黒田家へ経よみに行ったついでに、「仲瀬」をのぞく私の子供心の奥に、母

の親戚だというなつかしさばかりでなく、そこに、私よりは五つ、六つ年上の娘さんたちがいて、それぞれ上級学校にすすみ、学問をしている、そういうことへの憧れみたいなものが生じ、また、娘さんたちは、三人とも美貌だったので、気になったのだと思う。

黒田家は、この仲瀬履物店の西隣りだった。間ぐちは二間半ぐらい。軒からテント地の折りたたみ式の陽被いが出て、そのたれた布に、大黒屋洋品店と黒い字がよめた。当時の洋品屋は、表へ台をだして、Yシャツや、足袋や、タオルの類を、ならべ、その上に、学生服や、仕事着などがぶら下って、店の奥が見えぬくらいに、雑多な商品が積んであった。奥行き三間あったかどうか。三和土を通って奥にゆくと、一段高くなった台所へ入る扉があって、夏場はカーテンがたれており、奥がのぞけ、せまい階段から二階へあがれた。その階段わきに仏間があって、私はそこで経をよんだ。

私が得度したのは、御大典(ごたいてん)のすんだ年まわりだった。その前後に、黒田家の先代が亡くなり、相国寺(しょうこくじ)の玉龍庵で葬式があったそうだ。瑞春院の檀家でありながら、なぜ法類寺で、葬式があったか、いまも不思議に思うのだが、あるいは、この当時は玉龍庵が、黒田家の菩提寺だったのかもしれない。

主人が亡くなって、あとをついだ長男は、もう三十前後だったが、よく墓参りにきたり、のちの法事は、瑞春院で行われたので、私もよくおぼえているのだった。黒田家は当然、隣家の仲瀬家と交際はあったはずで、私が若狭出身の小僧で、しかも、その隣家と遠い縁つづきになっていることなど、のちにわかってくると、本山の恩忌などで、顔があえば、親しい眼つきで、私を眺めるのだった。

私は、どういうわけか、檀家のなかで黒田家にだけ再々経をよみにゆき、若主人夫妻から仏壇の前で、和尚の容態などきかれて、和尚の療養生活を報告していたが、信心ぶかい夫婦は、瑞春院へ、見舞い品をもってきたりした。そんな人柄を知っていたので、私は、第一回の脱走をやった時世話になった。学生服で、路銀もない無一文で、街をほろつかねばならなかった私は、東山二条まで歩くと、「仲瀬」履物店へ入らず、黒田家へ寄って、何がしかの銭を借りようとした記憶がある。どういう理由をいったかわすれたが、たぶん、月謝を落したとか、何とかいって一円か二円のわずかな銭をせしめたと思う。そうでなければ、私に、その後、東山二条を電車でゆきすぎても、破れ塀の寺の通りが眼にとびこむと、自然と眼をそらす気持が走った理由がつかめない。もう一軒、丸太町千本を下った露地に親切な檀家で「谷口」という「駄菓子屋」があったが、そこへも行って、金を借りている。

私は、わずかの金をにぎって、清水の方へ歩いた。なぜそんなところへ行ったのか。清水寺には、大ぜいの浮浪者や乞食が泊れる堂があるときいていたからで、そういう仲間に身を投じておれば、警察の追手ものがれられよう、との思案だった。

産寧坂は、どうして、あんなに急で、人通りもまばらだったのだろう。両側は二階建てのしもた屋がならんでいた。急石段をのぼりながら、家々の戸口を見ると、どこも格子戸を固くしめて、提灯をつるしているのだった。いまは、この右側は、竹細工屋、餅屋、喫茶店など、とびとびにあって、観光客の男女も、手をつないで出入りし、坂を登ってゆくが、昔は、ここの石段にへたりこんで、頭をさげては布施を乞う乞食が大ぜいいた。

私はそれらの乞食が、竹の皮で膝をつつんだ障害者だったり、黒めがねをかけた盲人だったり、子づれの老婆だったりするのを眺めて歩いたものだ。産寧坂から土産物店のならぶ清水坂へ出て、わずかに山の方へのぼりつめると、左側に、真如寺とかいう小さな寺があって、そこの正面に軒をのばした大日堂が眼をひいた。堂一つがこの寺のシンボルで、巨大な賽銭箱を一つ前におき、住職や番人はいない。堂内から通行人をへいげいするふうに、金色の大日如来像が、眼を吸いつけるのだった。この堂のまわりにも、乞食男女はいた。乞食たちは朝夕うごかぬけはいで、私は、この堂で一泊した記憶がある。表の賽銭箱のよこに破れ筵(むしろ)を敷いて寝ていたら、如来像の前の横木に、奉納額がならび、その一つに白い蛇が赤玉をくわえて、とぐろをまいているのが、異様に生々しかった。なかなか眠れなかった。私のまわりには、物をいわない乞食たちが寝ていた。その中のひとりだったか、産寧坂にすわっていた連中のひとりだったかわすれたが、びっこをひいて杖をついてくる五十がらみの男がいた。彼はどこからくるのか、気がつくと、石段の中央あたりの目立つところか、大日如来堂の賽銭箱のやはり目立つところにあぐらをかいてすわり、膝坊主に竹皮をまいていた。帽子を前におき、通行人に向って、いかにも足の不具が更生の邪魔になっているといわぬげに哀願するように何か言い、頭を下げ、目は同情を求める。そのひっこんだ眼、浅黒い顔、だがどこか垢ぬけしたところも見えて、不思議に私の眼をとらえたのだが、乞食が垢ぬけしているという形容もおかしいが、とにかく、妙にからむような眼で私を見すえる。ある夕方、私は、坂をうめていた清水寺の参詣客が、数少なくなって、信楽のたぬきを店頭にならべた焼物の店なども戸を閉めはじめるころ、乞食は、とつぜん、立ちあがると、膝の竹の皮をほどいて、さっさと歩きはじめ、産寧坂をまるで、走るようにして降りてゆくのを見た。私は、あっけにとられて、それまで物乞いの乞食を哀れに思っていた気持が吹っ飛び、人間は信じられないものだという思いをふかめた記憶がある。

　産寧坂は、つまり、そういうニセ乞食が、一日の収穫をポケットに入れて居ずまいを直し、さっさと去ってゆく通り道で、いまのように、うす茶やわらび餅を売る店が、閑雅に床几をつきだしている光景はない。殆どしもた屋だった。

　産寧坂というのは、三年坂とも書くそうだ。子供のころはしらなかったが、この坂は、清水詣での若い善男善女が、日参のたびに、ここを登ると、安産を得るという信仰があって、そこから「産寧」といわれるらしい。今日も、そういうことを書いた標札がわらび餅屋の上の段に掲げてあって眼をひくが、それを読むべく佇む私の眼には、約五十年近く前に、清水の堂や、如来堂へねぐらを求めて、ほろつき歩いていた中学生時分の浮浪生活がうき上ってくる。

この世に「乞食、三日すれば、やめられない」ということばがあるそうだ。乞食ほど気楽な商売はないという意味らしいが、なるほど、私にも、それはわかる気がするものの、しかし、如来堂の賽銭箱の下で、二、三人の汗くさい髪くしゃくしゃの男か女かわからぬような人々と寝て、身の上話などした夜の、何ともいえない淋しさは今日も暦の底にあって、「乞食などするものではない」という思いの方がつよいのはどういう理由か。

東山二条が、この産寧坂の思い出とともに、頭にこびりついているのは、母が古下駄あつめをしてくらした履物屋があることもあるが、私が、御大典の年まわりに、京都についた、一月の八日だったか、十日だったかに、岡崎で出初式というのがあり、到着したその日、和尚と奥さんにつれられて、見物にいったからである。岡崎のいまのテニスコートや野球場のある場所は、昔の広場になっていて、古風な公会堂が一つ建ち、疏水をわたる橋も二条通りにかかっていた。私は、まだ、若狭の雪を背中にのせていた汽車から降り、瑞春院へゆき、そこで、はじめて会った奥さんと、和尚にはさまれて、市電に乗り、東山二条で降りて、岡崎のその広場へ行ったのだった。大勢の人出で、いよいよ、出初式だった。消防手がタレのながい頭巾をかぶってあらわれ、高梯子を立てて、そこへ小柄な男がのぼると、てっぺんで手をひろげたり、股

大悲山峰定寺（1986）

をひらいたり、頭を下にして、ぶら下ったり、危なかしい芸当をやるたびに、見物人から拍手が起きた。私も、もちろん、その芸当を見て、はらはらしたけれど、ちょうど、一時間ほど立ちつくしていたら、雪が降ってきた。チラチラ舞う粉雪の中で、あいかわらず、芸当をくりひろげる消防手の姿が、どこか私にかなしかった。

正直、私は、そのような芸当を見せる消防手の儀式なるものに、不思議な思いがしたのだった。消防手は、火事が起きたさい働く人々だが、正月早々から、こんなことをしてあそんでいる、いかにも京都らしい悠長さに、感心したのではなく、何のおもしろくもない行事だな、といった気分になって、冷たい足をちぢこめていたのだ。ところが、その芸当をやっていた消防手が、梯子の中ほどへきた時、あっと声をたてて、ひっくりかえりながら地面へ落下した。胆が冷えた。梯子をささえていた連中からも声が起き、見物人席からも、声が起きて、梯子が急に倒されると、消防手たちは、地面に落ちたらしい消防手をかこんで、やがて、四人がかりで公会堂の方へはこぶのだった。雪はあいかわらず降ってきて、その時まで、見物席を張りつめさせていた空気が、急に乱れ、騒ぎが生じた。私たちもまた、その興ざめる儀式の途中で、二条通りを東山にきて、一軒のうどん屋へ入って、和尚夫妻がたのんでくれた「かけうどん」を二杯喰って、市電にのってまた寺へ帰った。

何のことはない、それだけのことなのだが、消防の出初式を見物して、しかもその日は消防手にケガ人が出たことで、その日のことが瞼にのこり、出初式といえば、粉雪の中を梯子から落ちてくる一人の男がうきあがるようになった。これも東山二条の履物屋、黒田家にまつわる思い出といえる。

岡崎といえば、満蒙博覧会が催されたのも、この翌年だったか。やはり、和尚夫妻といっしょに、私は会場に入った。一頭のラクダにまたがった出口王仁三郎(おにさぶろう)が、毛糸あみの厚い防寒頭巾をかぶって、荒野をゆく写真が、大きなパネルになっていた。それとも、模型でつくられていたか、記憶はさだかではないものの、いかにも勇敢な姿だったことをおぼえている。この満蒙博覧会は、あるいは、大本教(おおもときょう)の主催だったのか、はっきりしないが、この会場を出る時も、チラチラ雪だった。不思議に、私は、岡崎といえば、雪の中を歩いている。こういうことも、私が、瑞春院を出た日、あてどもない浮浪生活のはじめに、東二条で下車した理由の一つになっているのだった。

二条通りを東山から、少し、西へ入った地点、つまり、黒田家と「仲瀬」のとなりあわせるあたりの上(かみ)の側に「若狭屋」という菓子屋があったのも印象にのこっている。記憶はおぼろだが、ウインドウにこの店の特製らしい「最中」が箱に入れられて出ていた。「若狭屋」とあるからには、若狭出身の者が、京にきて老舗らしい店を張っている姿と思えたが、私は、若狭屋と、舟板に彫りこんだ大きな字の看板を見るたびに、その真向いに近いところで、古履物をあつめて、歯をすげかえていた母のことを思うようになった。

これはずいぶんのちのことだ。若狭へ帰った際、母に向い、

「おっ母んは、東山の二条にいたころ、どんな仕事をしとったんか」

ときいてみた。

「うちは子守りやら洗濯にいっとンやった」

と母はこたえた。

「しかし、おっ母んは、下駄のしごとをおぼえてるやないか」

「それは、二条のおっつぁんに教えてもろたんや。あの店は、そこらじゅうから古い下駄をもってきやはる人がいて、うちも、その下駄を洗うたり、歯をけずったりしたことがある」

「その店の前に、若狭屋いう菓子屋があったンをおぼえとるか」

「さあ」

と母は首をかしげて、

「そんな店あったかいな」

というだけだった。母がこの東山二条へつとめたのは、ざっともう六十年以上も前のことになるから、あるいは、その時分は、まだ、この老舗はなかったのかもしれない。私が小僧をしていて、黒田家へ経をよみにゆく途中に見かけたころに開店したものか。誰か知ってる人にき

いてみたい。じつは、わが在所の名を冠したその菓子屋の看板にも、故郷を懐うた日々がかさなって、母のかなしい労働が、小僧の私の気分をふさいだことをわすれていないからである。

東山二条は、つまり、母と私の京生活をつなぐ町だった。母は下駄屋の奉公人として、私は寺の小僧で経をよみに。そうして、その町に、若狭屋という菓子屋が店を張っていたのだった。

私はさいきん、この通りを歩いて、「仲瀬」の店が失せているのを知ったが、隣家の黒田家がまだ健在で、昔どおりのたたずまいで雑貨用品をあきなっておられるのを見て、吸いこまれるように入っていった。

瑞春院へ、墓参りに来られた若主人と細君がいた。若主人は、もう八十五歳だといわれた。私の顔を見ても、菩提寺で小僧をしていた男だとは信じられない眼で、じっと見つめておられたが、時々、病気の和尚に代って棚経にきたことをはなすと、思いだして下さって、なつかしい五十年前の話に花が咲いた。

「隣の家に、母もいたことがあるんですよ」

と私がいうと、

「へえ」

とご主人はいって、

「そら縁どしたなァ」

と眼をほそめられた。隣家の働き者だった下駄つくりの主人の話なども出たが、話しているうちに、私は、不思議な気分になっていった。どういう気分かといえば、人間というものは、いくら放浪しつくして、異郷でくらしていようが、歩く足ははばたった三尺か、といった感懐だった。

千本丸太町附近

千本丸太町を下るとまもなく竹屋町だが、そこからひと筋目下るといっても、西にだけ入る小路だったから市電に乗っていると、通りすぎてしまうのだった。露地の突き当りに、軒ひさしのくっつきそうな一つの露地があって、この露地の入口に門のようなものがあり、露地内の住民の表札がかかっていた。両側の家は、入口にわずかな三和土、上り間は四畳半か三畳、それにもうひと部屋六畳あるかないかの長屋がざっと二十軒ぐらい。表口に朝顔棚や植木鉢の類をならべている。

この附近には、こういう小路がいくつもあって、記憶にまちがいなければ、聚楽町といった。その露地の入口とば口あたりに、谷口という駄菓子屋があった。そこが、瑞春院の檀家だった。六十すぎた白髪の婆さまが店番していた。店といっても、表三畳と三和土の境の戸をはずし放して、平置きの菓子箱に、ねじりん棒、みやこ飴、あてもの、煙硝、すごろく、といったものをつるしているだけのことだが、客は露地一帯の子供で、一銭か二銭の小遣銭をもらってくる子供らのことゆえ、一日のうち時間をきめ渡り鳥のようにやってきて、使い切ってしまうと、店は閑散とした。何をしてくらしているかわからぬ、零細生活者の長屋だが、めったに大人たちの姿を見かけたことがない。出稼ぎ人が多かったのかもしれない。年よりや子供ばかりだった。

谷口の婆さまは、夏は白腰巻に、かたびらを羽織って、鴉みたいに骨ばった手足をみせ、店にへたりこんだようにすわっていた。冬になると、表のスダレをまきこみ、店の戸を閉める。子供らはそれで戸をあけて雪のふきこむ三和土へ入ってから、三畳の上りはなにならべた菓子箱に手をつっこんでいた。

どういうわけか、私はこの家へ、月に一度ぐらい経を読みにいった。奥の六畳の壁面に小ダンスが一つあって、そのわきに、小さな仏壇があり、私がゆく日は、小祠（しょうし）の扉があいて、四角な位牌箱から、その日が命日の仏の名が誌（しる）されたうす板が出してある。位牌箱といっても、箸ばこみたいなものが立ててあるだけで、中には、十数枚の仏の名が入っていた。婆さまの父母、つれあい、子、孫の戒名らしかった。六十すぎた年齢で、数多い仏の守りも尋常でなさそうだったが、婆さまには、どこかに息子がいて、そこから生活費が送られてくるらしく、駄菓子の方も、ほんの手間稼ぎのような雰囲気でもあった。

信心あつい婆さまだった。戒名の仏たちの月命日（つき）がくると、瑞春院和尚は私に経をあげにゆけと命じたのである。

私が仏壇の前にすわると、婆さまは、夏はうしろからウチワで煽いでくれた。冬だと三和土の七輪コンロをあげて、ぬくめてくれた。卒塔婆のようなうすいヘギ（木片）に墨字で書かれた戒名には、信士、信女が多く、時には童子、童女があった。禅宗の戒名は、その当時から、檀家の格に応じて、院号のあるものや、居士号のあるものがあって、信士、信女は、中間以下の階級に多い。軽率にここで、階級ということばをつかったが、不思議なことに、瑞春院にも、檀家廻りには、その階級を尊ぶところがあった。たとえば二条堀川の角に、巨大な屋敷をもっていた稲垣家などは超A級の檀家で、読経も和尚がゆき、一張羅の袈裟をかけて出かけた。前回に書いた二条東山の黒田家だとか、いまここで紹介している谷口家などには、めったに和尚はゆかず、小僧の私が代参したのである。ところが、その小僧の私はまだ十一、二歳で、得度式もすんでまのない子供だから、お経をよむ声も、稚気にみちたものだったろう。檀家にしてみれば、そんな小っちゃい小僧が和尚のかわりに来たのを見て、多少は馬鹿にされた気もしたかもしれない。話ついでに、上七軒にあった機屋(はたや)某などでは、(ここも露地にあった)私の姿がみえると、表に出してあった乳母車から、小便くさいうすい座布団をひきぬいて、急いで仏壇前に敷いてくれるおばはんがいた。檀家にすれば、命日のことでもあるから、お布施の額に差違があるわけがない。和尚でも小僧でも同じ値段である。そうだから、なおさら、私を迎える表情に、多少どころでない、妙な光があった。

ところが、駄菓子屋の谷口の婆さまは、和尚よりも、私がゆくことを喜んだけはいで、私が露地に入ると、にこにこして迎えてくれた。私は、その婆さまの表情がどこの檀家よりも、やさしくうつるので、この婆さまに甘えのようなものをおぼえ、経をよんだあと、さっさと帰る他の家とくらべて、しばらく話しこんで帰った。婆さまは、私が若狭の寒村から出ていることに興味があったらしく、いろいろと田舎の両親のことや、友だちのことをきいたりした。そして、また婆さまも、自分の境遇をはなすのだった。戒名を書いた木片の位牌が多いのは、明治の半ばごろに、伝染病で、婆さまの母方の村の大半が死亡したそうだ。そのため、身内は杜絶し、いまは、息子がひとりいて、別居しているのだということだった。伝染病はコレラで、それはおそろしい病気で、バタバタ身内が死ぬのを見てきた婆さまには、子供の眼にもわかるぐらいの諦めのようなものがちぢまっていて、駄菓子を買いにくる子供のなかで、銭のない子がいると、婆さまは、飴玉をひとつにぎらせて、また小遣いもろうた時に払うてや、といったりしているのを見たことがある。その婆さまが、雪の一日、ふるえながら訪れると、朝から用意して待っていたといい、七輪に土鍋をかけて、ぜんざいを煮てくれた。私の経がすむと、椀に一杯よそってくれ、自分もいっしょに、六畳で喰ったことがあった。このぜんざいは甘く、熱く、体の芯までぬくもった。

私が瑞春院を脱走する直前、この谷口の婆さまのことが頭にうかび、脱走していいものかどうか相談したことがあった。

「阿呆なことをいうもんではありませんよ。小僧はん」

婆さまは、怒ったようにいった。

「和尚さんも、田舎のお父さんお母さんも、あんたが一人前の坊さまになりなさるのを楽しみにしておいでる。わたしやって同じことですよ。みんなの期待をうら切って、還俗するなんて、罰あたりや」

そのとおりではないが、こんなことをいって、私に、辛くても瑞春院で辛抱して修行をやり遂げてくれ、と婆さまはいうのだった。その時、婆さまのしわばんだ、眼に光るものがあったのをおぼえている。私は、しかし、その婆さまの忠告を裏切って、脱走したのだった。

脱走してから、私は、のちに、この千本丸太町あたりをよく歩くようになった。五番町遊廓へもよく通った。そんな時、市電にのったり、自転車に乗ったりして、竹屋町をすぎると、右手に入りこむ露地を見て、谷口の婆さまの店のことを思いだした。が、訪れてゆく勇気はなかった。信心あつい貧乏な老婆が、その後、瑞春院がたのんだ役僧の読経で、月々の命日をおくっているかと思うと、婆さまを裏切った私自身の横着さが思いやられて、足がひるんだのである。

私は、それから二十年後に『雁の寺』を書いたが、この作品の下書きともいってよい作品『わが旅は暮れたり』は、昭和二十三年の「文潮」に発表した。この作品では、和尚を殺す小僧はいなくて、丸太町の駄菓子屋の檀家へ立ち寄って、婆さまに嘘をついて、若狭へ帰る路銀をせしめることになっている。

事実、そんなことがあったか、どうか、いまは、黒田家のようにはっきりおぼえていないが、この作品がなつかしいのは、冬の駄菓子屋で、七輪をはさんでぜんざいを喰う小僧と老婆の語りがあるあたりである。これは、一日の体験をそのまま書いた。

智恵光院丸太町下ル、主税町の磯田家の二階を借りて住んだのは、立命館大学の夜学に通うべく、八条坊城の麦藁膏薬売りをやめて、京都府庁につとめたころだった。府庁は、下立売にあったから、丸太町から近く、歩いてかよえた。いまのNHKのある地点の前を入って、三軒目の二階家で、最近そこへ行ってみたら、琴三弦の師範の看板が出ていた。表に面した母家はそのままあって、私の借りた部屋の窓が、往時の木枠をみせて、はまっている。磯田といったのは私の記憶ちがいかもしれぬ。ここにも婆さまがひとりいて、離れの二階と、表の二階を学生に貸していた。私は、ここに半年ほどいた。昭和十三年ごろなので、NHKはもちろんあったし、その南に接した公園は、いまのように樹が混んでなく、白い砂を敷いただけで、広く見はらしがきいて、遠くに二条城のヤグラが望めた。この公園で、ラジオ体操があり、江木アナウンサーの声がNHKの拡声機から流れて、私たち主税町の全員は、老いも若きも、公園に出て、体操をやった。もちろん、南の方からも大勢の人がきて、毎朝、ざっと五百人近い人の渦だった。

丸太町智恵光院には、市営食堂があった。コンクリートの、当時としてはちゃんとした建物で、セルフサービスに近く、客が食券をだすと、窓口から、味噌汁と、タクワンがさしだされる。内側には、中年のおばさんが働いていた。ここの食事代は安く、カレーライスやハヤシライスに人気があり、私は殆どここで食事をすませた。私は府の職業課雇で、その管理下にあった職業紹介所（のちの安定所）もこの食堂の近くにある。職を求める人々が、早朝から行列していた光景がうかんでくる。当時、京都市内には、表にのれんをかけた「口入屋（くちいれや）」という職業があって女中や丁稚の斡旋はこれらの口入屋が、求人先から口銭をとって営業していた。そのため、職業紹介所は、公の機関ではあるが、どこか市民に馴染みがうすくて、たとえば、貧しい階層がゆく市営食堂よりも人気がなかった気がする。

私の住む磯田家の二階は六畳だった。表に面していたから、陽当りがよく、南京虫が出た。南京虫は、布団の下や、畳のへりの境い目などにかくれていて、夜になると首すじを噛んだ。噛まれたあとは、二つ傷ぐちがのこった。ある一日、磯田の婆さんが二階へ上ってきて、私に部屋をあけわたしてくれるように、といった。理由は、私が南京虫をどこかからはこんできたからだという。私は呆然とした。あとで考えると、千本通り丸太町を上った地点に、当時、新しい古本屋が一軒出来、私はそこの常連だった。売ったり、買ったりしたのだが、ある日、新潮社の『世界戯曲全集』が一冊五銭ぐらいで出ていたので、それを二十冊ほど縄でくって帰

仁和寺の桜（ 1986 ）

った。その本の中に南京虫がいたようだった。南京虫はいったん、その家にはびこってしまうと退治することは困難だった。私は、お婆さんにあやまって、また、その全集二十冊を売りに行った。本がなくなったことで、お婆さんは、多少は気分をもち直してくれてすぐ引越さなくてすんだが、南京虫だけはのこった。

私が満州へゆきたい、と思うようになったのは、この磯田家からの追い出しもあったせいかと思う。府の職業課では、満州移民を募集していて、私はその課から、周山や舞鶴や、夜久野や、網野まで出張して、義勇軍に入る少年をつのって歩いた。そんなこともあって、私は満州に興味をもっていたのだった。智恵光院の職業紹介所の前に、大きな立看板で「八紘一宇の新大陸、満州へ進出せんとする若人よ集れ」という字の下に、「国際運輸株式会社社員大募集」とよめたのは、十三年の夏だった。南京虫に喰われて、夜もろくに眠れない私のとろんとした眼に、この字が大きくとびこんできたのだ。

私は、立命館の夜学の月謝も滞納していた。近くの五番町遊廓へ登楼したり、千本通りの古本屋から、程近い地点にあるカフェ「天久」に行って、無けなしの財布を空にしているせいだった。当時、この天久は、カフェにはちがいなかったが一風変っていて、ラッパのついた蓄音器で、レコードをかけて、エプロン前かけした美女（?）が数人いた。そうだ。もうこの年は「露営の歌」や「紀元二千六百年」といった歌がはやっていたし、戦争激化の風が吹いていた。

ところが天久だけは、自粛の雰囲気はなく、レコードをじゃんじゃんかけていたのは不思議である。そこで、私は、ビールをチビチビのんで、暗い気分をまぎらわしていた。

職業紹介所の試験に応募した私はパスした。給料は、現地へゆくと八十円ぐらいくれるということだった。因に、府庁の給料は、「雇職」で、十八円だった。八十円といえば、田舎の小学校の校長の給料ぐらいあった。その誘惑と、仕度金の二百円に魅かれて、私は、その年の十月に渡満する移民団に参加した。

二百円の仕度金は、千本天久で呑むビール代と、五番町で馴染みをかさねた遊女との、後朝（きぬぎぬ）の別れに消えてしまったので、神戸を出帆する「はるぴん丸」に上船した時は、僅かな小遣銭しかもっていなかった。

私は智恵光院の磯田家を出る際、府庁の関係だった四方某に、本箱と本、それから机の類を売りはらった。四方は、綾部の出身で、同じ職業課で働いていたが、私が渡満を決意したことに反対はしないものの、批判的で、やはりつらくても立命館大学へ通った方がいいのではないかといってくれた。私は友の忠告をきかなかった。文科も、そろそろ廃止になる音がしていた。それも、私が学校をやめる理由だった。

四方某と、それから、二、三の雇仲間が、壮行会を催してくれた。たぶん、これは、中立売千本を上ったところにあったすきやき屋だった気がする。二階に手すりのある料理屋ふうの店で、そこで、呑んだくれて、私はまた、遊廓へくりだしていた。

智恵光院の二階へ、へべれけになって帰ると、部屋には、本箱も本もなく、空っぽの部屋には古本屋が元凶の南京虫だけがいた。

奥の離れの二階を借りているのは、短歌を詠む女子大生だった。その女性が、どこの大学生かわすれたが、丸衿ブラウスに、黒赤のネクタイを結び、モンペをはいて公園で体操する姿が瞼にのこっているが、私はめったに話したことはなかった。磯田のおばあさんの身内になる女(ひと)かもしれなかった。表二階にいる私を警戒しているところがあって、そういうことも私には淋しかった。

私は渡満する前日に布団袋をチッキにすべく、リヤカーを借りて、この磯田家を出て職業紹介所にあずけたが、四方某がこの部屋をうけついで借りてくれたような記憶もあるがはっきりしない。

智恵光院丸太町下ル主税町のあたりは、いまも閑雅な一角である。すぐそこに、千本丸太町の繁華な音がきこえるのに、ここへ入れば静かである。古い家は、二階が高く、（機屋のように、軒ひさしが低くない）窓は、南面の陽をうけて、二枚乃至(ないし)四枚はめられ、京壁のしっくいが光っている。向いの家々もみな同じ構造で、部屋貸しをする家は磯田家ぐらいで、律義な商人が住んでいた気がする。

公園は、前にのべた如くひろくて、風通しがよかった。白砂利を敷いた中に歩道があった。私はよく、ここをひとりで散歩した。ＮＨＫの建物は、瀟洒で、この一角をモダンにみせるシンボルだった。

この智恵光院に住んだ日々にも当然、私はそこらじゅうを歩いた。竹屋町一筋下を西へいった聚楽町かいわいも通った。露地の前に立つと、門に、いくつもの表札がならび、谷口の婆さまの息子さんの名札があった。私は、婆さまの所へゆきたかったが、気おくれがしてゆかなかった。

満州へゆくときまった日頃は夏の末でもあったので、このあたりへゆくと、まだ、パンツ一枚の子供が走りまわっていた。婆さまもかたびらの下に白腰巻一枚で店にすわっているはずだった。結局、坊さんになるべく得度式をあげていながら、修行をしあげず、満州くんだりへ落ちてゆく私を、婆さまがみたら、どう歎くかわかったものではなかった。そんなわたしを、心から迎えてくれたのは、五番町の遊女たちだった。

「遠いところへゆくのね」

と遊女はいった。

「日本にいたって、ウダツがあがらないから」

と私はいった。

「これから、向うは寒くなるんでしょ」

と遊女はいった。

「ああ、兵隊さんらのことを思えば民間会社の就職だから、そう辛いこともないだろう」

私は、いくらか満州に夢を托していたことは確かだった。

ところで、私は、智恵光院の磯田家を出て、九月末に出発したものの、奉天貨物駅での、苦(クー)力(リー)監督見習の激労に負けて、肺病になって、冬のさなかに帰国してきた。十二月半ばだったと思う。若狭の生家へ帰るのはイヤで、満州からの荷を若狭へ送ったまま、二、三日丸太町千本のあたりを歩いた。天久も、五番町も、中立売の西陣キネマも、すき焼き屋も、喫茶店バットも、三カ月前とかわらず、防空被いをつけたうす暗い明りの中で営業していた。

私は、私の短い青春の町が、私を拒絶しているのがわかった。友もいなかった。私はまもなく京都を去った。智恵光院の磯田家にも、もちろん、立ち寄らなかった。

いつか、出水のすっぽん料理の老舗「大市」で今日出海(こんひでみ)氏が中心にひらかれた京の味覚についての座談会記事を読んだことがあった。今氏のほかに、お相手の人は誰であったかわすれたが、三人の座談の内容が、私のことにふれているので眼がとまった。

「ここは水上勉君の町じゃないのかね」

「そうだね」

二人があいづちをうっていた。すると、

「彼は、こんなすっぽんは喰えなかったろう」

と今氏。

そのとおりである。私は京の老舗「大市」がそこにあるとは知っていたが、前を足早やに通りすぎて遊廓へ急いでいたので、ぜいたくなすっぽんなど、私の青春とは無縁なのだった。

保津峡曲り淵

保津峡は、亀岡から嵯峨へ流れる保津川の峡谷である。若狭、丹波の人たちが京都へ入るには、この峡谷に沿うて走る山陰線を利用する。亀岡は、ややひらけた盆地だが、保津川が北の愛宕山と南の烏ケ岳にはさまれる峡(はざま)にさしかかると、今までひろがっていた空が急に傘をすぼめるようにしてせばまる。両側から険しい山肌が迫る。急激なこの変化は、都へ上る人の眼にはいよいよ京が近づくといった気持を抱かせるし、反対に京都から若狭、丹波へ帰る人は、いよいよ都と別れて亀岡盆地に出たという淋しさをおぼえさせる。峡谷の空は、帯を乱したように、山と山のあいまに、白く浮いて、トンネルをくぐるたびに、狭くなってゆく。上りの場合は汽車は右岸を走っているから、左手に渓谷がふかくえぐれ、波しぶきをあげた急流が、ところどころにとび出た岩をぬらし、なだれ落ちるような岩肌の裾を洗って走る。早い瀬のようなところがあるかと思うと、大きな平べったい大岩に流れがはばまれて青黒い淵がえぐれ、渦をまいた水がふかく沈んでいるようなところもある。岩肌の上は松や雑木のしげる山である。岩の裂け目にも、松はあって、枝ぶりのいい姿をみせて、まるで、南画の掛軸の中へ割りこんでゆくような錯覚をおぼえさせる。晴れた日は、よくこの渓谷を屋形船が走っている。有名な保津川下りである。屋形船には、笠をかぶった人々がへりに手をそえてならび、威勢のいい船頭が竿をつかって、船をあやつっている。この船は、亀岡市内の保津橋下手の乗船場から出るのだが、嵯峨の渡月橋下が終着場になっている。

峡谷が美しくなりだすのは、亀岡側からいえば馬堀駅をすぎて、北側の請田（うけた）神社をすぎ、対岸にエボシ岩と鏡岩が見えだす頃からだが、震身の淵にきて汽車はトンネルに入る。トンネルに入っているあいだに、川は遠のいて北へくねり、曲り淵という暗い淵のある岩石けわしいところがあるが、トンネルを出た時には、また川は足もとにえぐれて、保津峡駅に着いている。ここは、水尾から流れてくる支流と、清滝から流れてくる支流が合わさる所で谷はいくらか広い。いままで岩石ばかりだった岸に、砂洲がみえるところがある。空もいくらか広い。だが、駅を出ると、すぐトンネルに入って、やがてトンネルを出ると鉄橋をわたり、小倉山裾の左岸にいたって、川を見失ってしまう。ざっと三十分ぐらいの時間だが、目まぐるしく変る渓谷のけしきは、固唾を呑ませて見あきないのである。

私が、この保津峡をはじめて汽車で通ったのは、九歳で在所を捨てて、京都へきた日だが、もちろん、子供だったから、亀岡の盆地が峡谷へ吸いこまれるように汽車をひきこんでゆく空の、急にせばまるのを見て、京が近づいたという気持はなかった。岩場の多い岸には、冬のことでもあったので雪がつもり、渓谷は、青い帯を白さらしの上に置いたように見えた。岩に生えた松にも、その上のなだれるような雑木にも雪はつもり、不思議な世界へきたような気がしたものだが、もちろん、寺へ入ってからは、田舎へ帰れなかったので、このけしきを見ただけで、保津峡にいざなわれる気持は浅かった。ところが、十二歳の時、いちど寺を脱走して、線路づたいに故郷へ帰ろうと思い、嵯峨の鳥居本から清滝口に出て、亀岡まで歩いた時は、秋のことでもあったので、子供の眼にも、岩場の上に混んでいる楓や栗や蔦が、真赤に色づいて、川面もまたその色をうかべて、まるで、錦絵の中にいるような気がした。亀岡の駅にきて、私は、警察署員につかまって、やがて、また寺へつれもどされたが、この時の記憶は保津峡の美景をいやが上にも、脳裡にきざんで、いまも、錦秋のあの赤い渓谷の、血を流したような光景が鮮明である。

立命館大学へ入った頃、私は、よく友人と嵯峨にきて、岩田山の下から川ぞいの道を清滝川まで保津峡駅のつり橋をわたって、白洲で一服したあと、反対側の岩の道を通って、鳥居本へ出るハイキング道を、何度か歩いた。その途中に、大きな平べったい岩がなだれていて、反対側に戸板のように直立した大岩があった。鼠いろの肌には無数といってもいいぐらいの落書きがあって、中には、ナイフか何かで、已れの名を彫りつけている人もあった。私はそれらの落書きを見ていて、友人にさそわれるままに、道ばたでひろった固い石の角を利用して、その壁面に、「水上勉」と時間をかけて彫りこんでみたが、ノミか小刀でもあるなら、はっきりと彫れたものだが、固いだけの石では、浅い字になった。もちろん、それから一年ほどして、そこを通って、たしかめてみたが、雨露は、私の署名をきれいに洗ってしまっていた。

落書きの彫字は消えていたけれど、成人して、何度となく、山陰線で若狭を往還する時は、かならず、その大岩のあたりを眺めるのだった。もちろん、対岸であるから遠望するだけのことだが、何度か歩いた杣道(そまみち)が、岩場の角にチラと見えるのさえなつかしかった。

保津峡谷は、つまり、私には以上のような思い出があって、いつも汽車ですぎる時は、身を乗りださせた。そうして、せまい空が、故郷へ帰る時は、一種のときめきを、京へ入る時は、またべつの思いをもたせて、前方に、まがりながらのびているのを眺めたものだった。

この保津峡谷が、私にいっそうの思いをふかめさせ、今日もわすれられない場所としたのは、同じ若狭海辺の、大浦半島成生(なりう)部落出身の林養賢君が、金閣に放火し、その時、養賢君を西陣署に訪ねた母堂の志満子さんが、養賢君から面会を拒否されて、泣く泣く帰村の途中、花園駅から列車にのってまもなくこの峡谷に投身した新聞記事をよんだ時からだった。私は当時、東京にいて、浦和から出版社へ通っていたが、号外記事をよんで息を呑んだ。養賢君とは面識もあったし、母堂には会っていなかったが、よりによって、保津峡谷に身を投げて死んだ母堂の眼にも、あのせまい空が、やがて亀岡盆地にいたるけしきがうつっていたかと思うと、痛ましさに加えて、身がふるえる思いが走った。

林養賢君が金閣に放火したのは、昭和二十五年七月二日の深夜である。養賢君は二十一歳で、同寺の徒弟だった。くわしいことは、私が最近発表した『金閣炎上』を見てほしいが、文学書に興味のない人のために、簡略に説明しておくと、養賢君は、成生部落（いまは舞鶴市に合併）の西徳寺という東福寺派の末寺の長男として生れたが、結核を患っていた父に早逝され、中学入学のころから舞鶴市安岡の叔父宅に寄寓して、舞鶴東中学に通学した。父が生前に、依頼しておいた金閣寺住職との約束で、三年生の時に、入洛、金閣寺の徒弟となり、得度式をすませて、また帰郷して中学校へ復帰していたが、十八歳の時、事情あってまた金閣寺に入り、住職につかえて、徒弟修行をしつづけ、転校した臨済学院中学部を卒業後、大谷大学支那科に入学して、三学年になった二十一歳の年の七月二日に、いまも、放火意図不明である大犯罪をやってのけたのである。国宝放火という罪の重さもだが、その犯人が同じ寺内で養育されていた小僧の仕業だったということで、世間も驚いたし、マスコミも大きくとりあげ、日本じゅうに、林養賢の名は知れて、私の記憶では、すべての新聞は養賢君を「不逞の破戒僧」あるいは「国賊」とまでののしった寺院側の僧の罵倒をのせ、文化人や学者もまた、養賢君の犯罪を「精薄的行為」と歎いて、国宝焼失の憤を世間に訴えた。もちろん、こういう記事は、あらゆる新聞にのったのだから、母堂の志満子さんにすれば、遣る瀬ない思いだったろう。

志満子さんは、金閣が焼けた三日の午後、弟さんにつれられて、西陣署に入った。福知山署員もいっしょだった。志満子さんは、当時、成生の西徳寺を追い出されて、里の大江山麓の尾藤部落に帰っていた。しらせは三日朝、福知山署員からもたらされ、その時、行方不明だった養賢君が帰っていないかどうかを署員がたしかめにきたそうだ。養賢君は左大文字山の中にかくれていた。放火後、炎上する金閣を見て、金閣とともに死ぬつもりだった計画が、急にくずれ、山へ逃げこんで、買い求めていたカルモチンを百錠ほど呑み、小刀で胸を刺して、自殺をはかったが、死にきれずに、うめいているところを西陣署員に捕えられている。身柄はすぐ署にうつされ、放火動機を追及されたが、意識は朦朧としていて、いうこともはっきりせず、ただ、出まかせのことをいうばかりだった。西陣署は、出血もひどかったので、日赤病院で治療させてすぐまた署内の房に入れたが、母堂の志満子さんが面接にきたのは夕刻だった。署員は、すぐ、房内の養賢君にそれを告げたが、なぜか、養賢君は、母に会うことを拒んだのだった。署員は、何どか、時間をおいて、説得してみたが、養賢君の意志は固かった。

養賢君は、放火以前、大学へ入るころから母堂への反感を同僚にもらしていた。理由ははっきりしないが、ひとつは、母堂が、養賢君が将来金閣寺の住職となることを夢みていたことが、大学へ入ってから、僧になる自信を失いつつあった養賢君に重荷となったようだった。言いおくれたが、養賢君は、幼時からひどい吃音症で、小学校へ入ってから、級友らに馬鹿にされ、孤独陰険な性格になっていた。そういう障害をもったことも、母に対する恨みの遠因だったかもしれない。母堂は気性がつよく、村にいても、よく村人と口争いもし、封建色こい小漁村のことでもあったし、また、夫の死後、僧のいない寺に居残っていたこともあって、気づまりな日常を、しょっちゅう養賢君に手紙でしらせていた様子である。そういう母の愚痴っぽい手紙の末尾には、必ず、大学をいい成績で卒業して、住職におぼえよき徒弟となり、雲水を終えた暁は、金閣寺住職にのぞまれるような人間になってほしいと書かれてあったそうだ。こういう、母堂の一方的な夢想が、障害がますますひどくなって、友人関係もうすくなってゆく養賢君の、孤独な日常をいやおうなく屈折させて、母には内密ながら、昂進していた結核も若死の予兆をあたえ、自棄的にさせていたことは確かである。このような養賢君の心理経過は、やがて、裁判所で精神鑑定をなした三浦百重博士の鑑定書や、のち養賢君が入院した宇治病院の主治医、小林淳鏡氏の「金閣放火僧の病症」にくわしくのべられている。いずれにしても、放火後の養賢君には、事件をおこした直後の、ひらき直ったつよがりや、その他複雑な苦悩があったとみえて、母堂との面会を拒否したのである。

　このことは、志満子さんにすれば、予想外のことだった。何とかして会いたいと思った。世間は国賊の母として、志満子さんを弾劾しているともいえる三日のことだ。会わずに帰ることは、折角、福知山から出てきたことを無駄にするのは当然としても、世間へ顔向けがたたない、というのが、志満子さんの気持だった。この志満子さんの世話をした西陣署員は、若木松一さんで、のち西陣署長となった人だが、若木さんに当時を述懐してもらうと、志満子さんの憔悴

出町橋から妙法を望む（1985）

ぶりははげしくて、そのまま会えないで帰るのにしのびなかったため、三日の夜は西陣署に一泊、休養してもらって、養賢君の気持の落ちつくのを待って、再度、面会させてやろうとの努力をかさねたということだった。だが、養賢君は、意志を変えず、ことわりつづけたので、志満子さんは面会を断念、帰路についた。若木氏の話だと、

「憔悴がはげしく、落胆ぶりが目にあまったので、弟さんの同伴とはいえ、心配になったので若い署員をつけて花園駅まで、署のジープで送った。志満子さんは、若い署員に、死の決意などある予感はなかった。別れしなに、もちろん、その時は、志満子さんに、一泊させていただいて、いろいろ世話をかけた。どうか息子のことをよろしくお願いします、といって、丁重に頭をさげた」

という。署にいる時は、いくらか興奮気味だったのが、少しは落ちついた状態だったと、帰った署員から若木氏は報告をうけ、安堵したが、それから、まもなく、亀岡署から、志満子投身の電話で驚いている。

志満子さんは、花園駅から下り宮津ゆきの鈍行に乗った。福知山へは、綾部で乗りかえねばならない。列車は混んでいた。当時は山陰線は買い出し列車といわれて、米や魚や野菜を背負った闇商人、ブローカーですし詰だった。足の踏み場もない車内に座席はなかったから、車輛と車輛のあいだの、破れた蛇腹から風のふきこむ連結空間に弟さんと立っていたのである。

花園駅を出た列車は、鹿王院うらの竹藪をなめるように走ると、すぐ亀山のトンネルに入る。トンネルを出ると、鉄橋だ。保津川は青々と淵に水をたたえ、真昼の空の下にあった。やがて、その川は急流にかわって、志満子さんと弟さんの立っている、扉のない連結台のところへ、迫るように見えだした。汽車は、保津峡駅についた。誰も降りる者はなかった。一分間ぐらいで発車する。やがて、トンネルへきた。トンネルを出ると、清滝川の合流する「落合」の川が遠望できた。この時、弟さんがちょっと眼をはなしたスキのことである。それまで、けしきを見ていた志満子さんが、いきなり下駄をぬいだかと思うと、眼下の断崖に向って飛び降りたのだった。わきにいたかつぎ屋の若者が声をあげたのと、弟さんが走りよったのがいっしょだった。志満子さんは、単衣の着物の裾をひらめかせて、声もたてず、断崖の壁面に、軀をそわせるようにして、奈落の淵へ消えた。

列車が馬堀駅へ着いて、弟さんが、駅員に姉の投身を告げた。駅長は亀岡署の篠村駐在所に電話でしらせ、やがて、篠村駐在所の巡査と、亀岡署の警部補が馬堀駅にきて、事情をきいて、志満子さんの落下したあたりを捜索した。志満子さんは落ちた場所から下流の、曲り淵の岩と岩のあいだで、死体となって発見された。落ちた時に、岩石で顔を打ったとみえ、大きな裂傷の上に、血のかたまりが髪をそめ、見るも無残な姿だった。舟をだして、遺体はひきあげられ、砂洲の上に寝かされてから、弟さんがたしかに姉だと実見して、大急ぎの検証をすませ、篠村駐在所へ担架にのせてはこばれた。

以上の記録は、私がのちに、京都府警本部の調査書を見て、わかったことだ。もちろん、五日の朝刊に、この記事が出て、全国民は、不逞な放火僧がまだ放火動機についても供述せず、とりとめもないことを叫んで、面会の母親をも拒絶したとのべた上で不幸な母親の死を報じたのだった。

私が養賢君の母堂志満子さんの死に、胸をいためたのは、成生の西徳寺を追い出され、尾藤部落にもどっていた事情が哀れだからだった。禅宗寺院は、どんな田舎の末寺でも住職に死なれると、細君は寺を出ねばならない。子供がうまれていて、その子が世襲できる年齢に達し、僧堂修行も終えて、新命和尚の資格も得ている場合は、母親は出なくてすむが、そういう場合はめずらしくて、殆ど細君は寺を出ている。志満子さんの場合も例外でなかった。だが、西徳寺のことを調べてみると、同じ東福寺派で、隣村にある海臨寺という寺の末寺である。志満子さんの夫林道源さんが赴任する前は無住で、海臨寺住職が世話していた由だった。成生は全戸あわせて二十戸にみたぬ小部落だから、そのくらいの檀家数では、寺の経営も最低で、住職にすわる雲水もいなかった事情が明らかにされている。林養賢君の父母のおかれていた貧困な様子は、これでだいたい想像できよう。養賢君が十八歳で、金閣寺へもどって、修行の道に入った頃から、志満子さんの夢は大きくふくらみ、たとえ、吃音障害をもつ子でも、前途に希望がもたれたことはわかる。だが、養賢君はその母の夢をかなえるどころか、大それた放火をやって国宝金閣を焼滅させ、あらゆる新聞で、国賊、破戒僧、精薄的行動とたたかれ、西陣署でまだ興奮もさめやらぬ状態で、係官をてこずらせていたのである。志満子さんの悲痛な気持は想像を絶するが、彼女が西陣署の若木松一氏に、

「息子の犯した罪は母親のわたしにも責任である気がします。死ぬつもりで焼いたのなら、どうして金閣といっしょに死んでくれなかったのか……残念でなりません。自分もつらくて生きている心地がしません。でも、母として一度だけでも会って、子供の本心をききたいのです」

といったそうだ。よくわかる話である。若木氏は全力をつくしたが面会は実現できなかった。

保津峡谷のせまい空の下に、流れる保津川は丹波の山の水を集めて流れてくる。京都盆地と亀岡盆地をつなぐこの山ぞいの細道は、歩けば険しい杣道でしかないが、汽車が通ってからは、人々は、絶美の風景を窓から眺めて楽しめるようになった。だが、この峡谷を走る汽車は、開通以来、いくたの若狭、丹波の少年少女を都へのせてきた。少年少女たちは、奉公という名で、京都に働き口を求めてここを通ったのである。林養賢君は商家の丁稚奉公ではないが、金閣寺という大寺で養育されるべく、十八歳の時にここを二度も通っている。その年は、母志満子さんがついていったのではなかったが、母は、養賢君が得度式をあげた最初の金閣寺入りの日に

随行して、息子の晴れやかな仏弟子となる儀式を遠望している。西陣署で面会を拒絶された志満子さんに、その日の追憶がよみがえって、変わりはてた子の現実が信じられなかったろう。また、西陣署員に送られて花園駅で列車に乗っている自分自身も、信じられないような思いだったかもしれない。

保津峡の深い渓谷が、その母の打ちしずむ思いを吸いつけるようにとらえて、彼女は誘われるままに身を投げたのだろう。

私は瑞春院(ずいしゅんいん)を逃走した秋の一日、錦秋の落合から亀岡にいたる崖の道を歩いていて眺めた、曲り淵あたりの青黒い渦をなした光景を思いだし、その淵近くにあがった林志満子さんの、はかり難い、ふかい悲しみを思って落涙した。

保津峡谷は、若狭、丹波の奉公人にとっては涙の谷であった。養賢君にも、志満子さんにも。それから私にも。

嵯峨鳥居本界隈

嵯峨には天龍寺があるので、等持院にいたころは、何かと用事があって、法類寺や本山宗務所へ出向いた。嵐電に乗って終点で降りると、もう道をへだてて大きな山門があったので、途中の景色は電車では町家や畑地がつづくだけでそっけなかったが、徒歩だと御室から宇多野、鳴滝、広沢池畔を通り、釈迦堂前から左折して本山へ向うので、道中の風光は、山も近い故に美しく、子供のころから見馴れた。広沢池畔に、著名な庭園師佐野藤右衛門さんの苗圃(びょうほ)と住宅がある。当時から、このあたりは枝ぶりのいい松やしだれ桜や、槇らが廊下のように、両わきから葉を混ませ、あるいは花を咲かせていたし、曲り道が急に割れて、視界がひらけて広沢池があらわれる。あの時の、胸のときめきのようなものがわすれられない。池畔の道は、いまのようにアスファルトでなかったし、岸に茶店などなく、車ももちろん通らない。人影もまばらな冬などは、前方に大覚寺と釈迦堂の甍(いらか)がかすみ、その向うに小倉山、さらに愛宕山が樹々の濃淡をきわだたせて空を区切っていた。北の方から雪が舞ってくると、白い幕をひくみたいで、南の岩田山の方へ雪幕は走るのだった。また広沢池の手前岸を右折して、山の方へいたる葦、桜、赤松の三段がまえになった平原地の中ほどに、形のいい茅ぶき屋根の二軒家がのぞまれた。この人家は、いずれは個人が住んでいるにちがいなかったが、いかにも、このあたりの風趣にかなった雅致ある姿で、季節季節に表情をかえて、眼を楽しませた。もちろん、冬の雪のなかにのぞまれるけしきは絶佳で、絵はがきにもなっていたし、著名な画家たちが、写生したものだ。

この広沢池から、大覚寺まで歩くと、そこにもう一つ池がかくれている。大沢池であるが、ここも岸からなだれる古松、桜、楓のまじり植わった景観は美しかった。仲秋の明月には、舟をうかべて楽しむ人々がいた。錦秋はとりわけて、王朝時代に舞いもどったような、心ときめくけしきである。

天龍寺は、私には、いかめしい、厳粛な本山だった。僧堂にもまだ大勢の雲水が修行していたし、境内もいまのようにバスや観光客の姿はなく、古びた両側の塔頭寺（たっちゅうでら）土塀、石畳の参道、方生池、選沸場（せんぶつじょう）、本山宗務所、大方丈（おおほうじょう）などのたたずまいは、軀がひきしまるようだった。大方丈の裏庭は、有名な曹源池で、借景の小倉山を遠望させる白砂青松（はくしゃせいしょう）は、宗式廻遊庭園の極美を誇っている。たまに、法要に出かけても、この景観は眼に焼きついた。

以上が、嵯峨といえば、まず瞼の裏にあるけしきだが、私的に、もう一つ格別な思い出のあるのは、鳥居本から、落合へぬける丹波街道のあたりである。鳥居本は愛宕神社の参道一の鳥居だから、昔はこのよこを電車が通っていた。嵐電終着駅のわきから、清滝ゆきの電車が出たのがそれで、いまの平野屋の向いの上を走る車道が線路だった。電車はここから迂回して清滝までのび、終点からケーブルがあって、愛宕山へのぼれた。

愛宕山上は、周知のように、神社のある台地で、大杉の下に苔の道が深く沈んでいたが、正月前には、この参道で、よもぎ餅と、しきびを売る水尾の娘たちが、赤の前かけをして客をよびこんでいた。木綿のかすりに衿をかけた娘たちは、裏ふもとのしきびの里や、柚の里の水尾からきていた。しきびは、京の人々が年じゅう竈の上にたてて火除けを祈るものとなった。もともと仏花であったしきびが、ここでは、火災予防の神花になっている。よもぎ餅のことを「しんこ」といった記憶があるが、「しんこ」のほかに、娘たちが、山椒の実の煮たのを竹の皮に包んで売っていた記憶もある。

正月がすぎると、山は雪に被われるが、般若林（紫野中学）二年生の時、私たちは、この愛宕へ雪中行軍を試みた。全校生徒が清滝まで電鉄でゆき、ケーブルを降りてから、社殿に詣で、帰りは、裏の道を降りて、保津村へ出るのだった。大雪のなかだったので、一日がかりのこの行軍は、ずぶぬれ、汗まみれで、裏山麓の小部落の菩提寺に立寄って、茶をよばれた。

この行軍の際、私は愛宕山から北を遠望していて、どんより鼠いろにたれこめた雪空が故郷若狭の空につながっていることを思ったが、これが、第一回の瑞春院脱走の際の、徒歩帰郷の思いつきになった。

前にものべたように、私は、十三歳の時に一度瑞春院を脱走し、不成功に終ったが、これが丹波街道を鳥居本から、落合へぬけた日だった。鳥居本の落合へ出る道は、いまも平野屋の下の、池のよこに設けられた塀に沿うて入る杣道である。そこから檀林皇后の御陵を左折してゆく。この当時、杣道は木の根が何本も這っていて、土は赤かった。しばらくゆくと坂のてっぺんにきて、視界がひらけ、岩屋のある所へ出て、足もとに保津川が流れ、向う岸に山陰線が通っている。私はつまり、ここから、線路をつたってゆけば亀岡へ出られて、若狭へ無銭旅行が出来ると考えたのだが、これは失敗に終り、落合の茶店近くで亀岡警察につかまって、瑞春院へ帰っていった。

いってみれば、鳥居本は、私には、在所へ向う徒歩道のとば口だという思いがつよくて、いまでも、平野屋へゆくと、この十三歳の時の凍えた望郷の一日がよみがえる。

平野屋は、鮎宿である。宿といっても、料亭のよび名だが、清滝川の若鮎が新鮮でおいしい。秋には、また、背山でとれる松茸を焼いてくれるし、その季節は子もち鮎もまた名物である。冬になると、牡丹鍋といって、花背の猪肉が用意される。昔から、ここに、この料亭は栄えていたのだが、もちろん子供のころは縁もなかった。それが、いま、物書きなどになって、時々出版社や、京の学者に随行して、ここで食事をよばれると、私だけが、寡黙になって、古い思い出に立ちかえってゆく。十三歳の脱走の日に、平野屋のわきを通った。亀岡署員に説諭されて、しぶしぶ寺へ帰る夕刻は、塀ごしに、この料亭の二階家（下からは、二階に思える）に灯がともって、酒宴の音がしていた。

いつか、このことを女将にはなしたら、芳名簿に一筆書きを所望され、ことわりも出来ず、思いつくままに、

「母恋いの青葉愛宕を雁走る」

と書いた。つまり、鳥居本にいると、背中に愛宕山が迫り、その向うに、若狭がつながっていた。これはどうしようもない。丹波街道のとば口だから。

もう一つの思い出は、これも二十年近く前になるが、私と同名の男の死についての奇妙な話だ。直木賞をもらってまもない頃で、東京の家で、仕事に追いまくられていたら、夜なかに、とつぜん、京都の太秦警察から電話がかかってきた。びっくりして、受話器をとると、警官の声で、

「あなたは、本当に水上さんですか」

という。まちがいなく、本人だというと、

「よかった、よかった」

と警官はいい、そういってから、急に、また不安な声になって、

「それにしても、おかしいですな……」

といいなおした。警官がそれからいったことをここで、思いおこしながら書いてみると、太

秦署管内の嵯峨保津川畔の「R」という宿に十日ほど前から水上勉と名のる男があらわれて、投宿、長滞在し、酒は呑むわ、馳走をはこばせるわして、遊興をつくし、深夜になると、小説を書くのだといって、別室にとじこもって原稿用紙に向い、執筆に疲れると、下駄をつっかけて、あたりを散歩、悠々たる投宿ぶりであった。ところが、この男は、十一日目の朝、宿の女将が部屋を訪れると、机にうつぶしていた。声をかけても返事をせぬので、近づいてゆくと、死相を示して息たえだえだった。急いで、警察へしらせ、病院へかつぎこんだが、多量の睡眠薬を飲んでいて、まもなく死亡した。

太秦署員は、女将の供述や、女中のはなしから、てっきり新進作家水上勉の厭世自殺と断定して、東京の家へ電話してきたのだった。

「その男は、どんな風体でしたか」

と私はきいた。

「長身で、青白くて、鼻の高い顔だちでしてね、あなたの書かれた本を二、三冊もっていて、女中さんに署名してくれたり、原稿用紙も相当カバンにもっていて、毎夜、机に向っていたそうです」

「水上勉だといったんですね」

「そうです。宿帳にも自分で署名していますし、宿の人々も、そうだと思いこんで、至れりつくせりの歓待をやったそうです」

「しかし、それは、軽率だな」

といいかけると、

「男は、じつに、口が上手で、自分は昔、天龍寺にいたことがあるとか、等持院にいたことがあって、しょっちゅうこのあたりは歩いていてなつかしい、いまは東京にいるけれど、久しぶりに、ゆっくり見物したくてやってきた。小説も、嵯峨を舞台にしたものを計画しているので、しばらく厄介になりたい、といったそうです」

「へえ」

とあきれるしかなかった。もちろん、心当りはないのだった。私は、直木賞をもらったばかりだから、そう顔写真も世間に知れているわけではなかった。「R」の女将や女中さんが、その男の署名と、口の巧みさを信じてしまっても仕方のない話だった。だが、相当の人物と思える。十日以上も、よく化けていたものだ。天晴れなような気もして、しばらく息を呑んだが、しかし、その男が病院にかつぎこまれて死亡しているときいて、慄然とした。

「死んだんですね」

「ええ、死にました」

と警官はこたえた。警官はさらにつけ足す。

桂川より嵐山虚空蔵法輪寺を望む（ 1986 ）

「八日、九日目ごろから酒は呑まず、ちょっと挙動に不審な点があったようです。それで女中が、何か、いったら、急におどおどしはじめて、その頃から変になったようですね。もちろん、懐中には、ビタ一文もっていませんでしたから、あなたの名をかたっての遊興です。計画的な犯行でしょうね」

「それにしても、十日もだまされているのは、変ではないですか」

「それは、ほんとうに、あなただと信じたからですよ。宿も気の毒なことです。こういうケースは、めずらしいですね」

と警官はいって、電話を切った。

『雁の寺』で直木賞をもらい、この作品はマスコミにも、喧伝されていたので、かなり評判になっている。男はおそらく、それをよんで、私が小説の舞台とした、等持院あたりのことにくわしくて、さらに嵯峨にも縁故のあることをしらべて、旅館の「R」へ化けこむことになったのではないか。そう思ってみるが、死亡したときけば、思い切ったことをやったというしかない。が、ふと思った。男もまた、あの保津川畔の、景色が好きだったのではないか。同じ死ぬなら、新進作家に化けて、遊興をやりつくし、コトが露見してからでもおそくはない。この世の見納めに風光明媚の嵐山で、心ゆくまで酒を呑んでから死にたい。みごとな最期である。そうして、嵐峡のその静寂に身をおいて、深夜毒をあおった。私に出来ない、大往生だった。私はいたく心を打たれた。いまごろは、男の霊は嵯峨野のどこをさ迷うかと、感懐をおぼえた。

旅館「R」は、「嵐峡館(らんきょうかん)」ではないか、とのちの私の調査でわかり、気にもなっていたが、ここを訪れたのは、ずいぶんのちのことになった。一昨年、中国作家団が、日本にこられて、私が京都案内役をつとめた際、同団員が、天龍寺背山の近くにある亀山公園の、周恩来首相の詩碑を参詣した帰り、どこかで昼食をということになって、私は嵐峡館へ案内した。

嵐峡館は、保津川畔でも、もっとも嵐峡の奥にある。したがって、徒歩では無理なので、渡月橋下の舟着場から出る、館からの迎え船があって、それに乗り、やがて宿の下について、石の道を歩いて、九十九折(つづらおり)の細道をのぼりながら考えた。私の名をかたった男は、ずいぶん計画を緻密にしたものだ。ここなら疑われまい、と思われるくらいの閑境だ。嵐山の喧噪は遠ざかって、川音しかしない閑雅な所に、料亭はあった。二階へあがって窓をあけると、対岸を汽車が走る。故郷へ向う線路だった。亀山のトンネルを出たばかりで、やがて、上流に鉄橋がある。汽車はそこをわたるはずだが、霧にかすんで橋はもちろん見えない。眼下にえぐられる保津川は、このあたり深みをまして、青々としており、時々、ボートをこいでくる若者の姿が見られた。

「心中する人はありませんか」

私は女中さんにきいた。

「はい、時々、ございます」

と女中さんはこたえた。きけば、経営者は二十年前のその人ではなかった。私と同じ名の男か、もしくは、名をかたった男が薬をあおった頃の女将ではない。私はなぜか安心するものをおぼえて、中国作家団の歓待に時をわすれた。夏だったので、青葉に被れた嵐峡は、蟬がややましかった。したたるような葉が対岸を被っていて、水の色も青黒かった。中国作家団の一人が、このあたりの説明を求めたので、私は、その対岸を走る汽車を指さして、

「私の故郷へ向う汽車です」

とこたえた。

前回に述べた保津峡谷への私の感懐は、この時にもあった。金閣を焼いた友人林養賢君の母堂が、世間へ顔向けがたたぬといって、身を投げた渓谷だ。その谷が、いま北の方で青黒い穴をあけている。上流は、トンネルのようになって、川は深い。嵐峡館から、私はその上流を眺めて生きのこっている自分をかえりみた。養賢君の母堂も、私の名をかたった男も、ともに、この嵐峡の風光に身を沈めているのである。共通していえることは、ともにこの世に絶望して、細い空を眺め、死を決意した。やっぱりここはある人々を死へいざなう暗い谷なのか。

奥嵯峨は、私にとって、青春の幽境だった。といえばキザにきこえるかもしれない。だが、今日、六十一歳になって、嵯峨野を歩いて、鳥居本にいたる二尊院、化野（あだしの）念仏寺に身をおいていると、ふと、そんな気がしないでもない。私の名をかたった男のように、死にたくはないが、歩いていると、複雑ないろいろな思いが、私のなかをかけめぐる。

二尊院は、いつ訪れても、門から、台地の砦ふうのつきあたりの石垣にいたる参道が好きである。大きな松、楓、桜、やや高みになった杉苔の岸、道を這う根のたかまり。人影もまばらな日をえらんで、西行桜のわきから歩いて登る時間は楽しい。化野の何百と知れぬ石仏のむれに身をおいている時も、私は青春の日々をうかべる。人はここを訪れて無数の無縁仏の霊に心をしずめ、万燈（まんどう）のともる宵を想像して、仏心をふかめるらしいが、私はそうではない。厄介なことだ。とぼとぼ歩いて、若狭へ帰ろうとした十三歳の時にも、この化野はあったのだ。人こそ訪れていなかったが、無数の石仏はしずかにあった。そうして、この念仏寺下り道の両わきにある農家は、どの家もかど口に、パッタリとよぶ床机をもっていて、季節がくると、山の幸をならべて売っていた。床机は、家の柱にあけた穴に、芯棒を入れて、不要の時は、たたんでおくものだった。山柿、松茸、栗、よもぎ餅、ゆで卵の類が、そこにならべられて、年老いた農婦がわきの陽だまりにすわっていた。そういうけしきは、丹波街道の山へ入りこむとば口として、ふさわしかった。

平野屋の女将にきくと、昔は、この通りをとおる人は、柚の里水尾の人ぐらいで、めったになく、夜は、狐や狸もあそびに出ていたという。人々は、提灯をさげてみな歩いた。

その昔を思いおこしていると、ブティックの店まで出来た今日の化野念仏寺下の土産物屋の乱立は、諸行無常を感ぜしめておもしろい。観光客は、どの店にもあふれて、西陣織のふくさや小物のあざやかな色彩に眼をとられ、京格子のぜんざい屋や、コーヒー店で一服して、ありもしない閑境を探るのだ。私はもう、祇王寺へも、落柿舎へも、めったにいかなくなった。殆どの日が、人でうまって、騒々しいからだが、季節はずれをえらんで雨や雪の日など、平野屋を訪れて酒を呑むのが楽しみになった。青春の日が私だけによみがえって、死んだ人々の顔が、盃のなかにうかぶからである。鮎を喰っていても、猪を喰っていても、盃にそれがうかぶ。奥嵯峨はそれ故に、私には心をしずませ、生きる力をあたえもする。

東京へ平野屋から、「鮎のたより」の小さな提灯がおくられてくる。女将の心づくしである。ながく御無沙汰していると、その提灯は私をはげしく誘う。私は家をちっともかえりみぬ男なので、妻や子らは、この平野屋を知らない。一度つれてきて、皆に、私の十三歳でここを歩いた頃のことや、私の名をかたって死んだ顔も知らぬ男のことや、林養賢君の母堂のことなど、話してみたいと思うが、それも、まだ果していない。

心のこりなことを、いっぱいためて、私は奥嵯峨を歩く。それしか、いまのところ、ここを訪れる心の用意はない。そうして、厄介なことに、このごろ、心の奥に思うことは、平野屋の掃ききよめられた表庭だとか、ひくい楓の葉を眺めて、ひょっとしたら、これが最期か、と思ったりすることである。去年も、一昨年もそう思った。春は春の、秋は秋の少時の間を歩いて、ことしも、それだった。

大原桂徳院界隈

大原桂徳院は、大原の奥にある。有名な寂光院と隣りあわせた高台である。大原を寂光院に向って登りつめ、約五十メートルほど手前を右折すると、坂道の両側に土産物や焼き物を売る土地の人の店が数軒あって、そこを通りすぎ、しばらくゆくと自然石の垣につき当って、正面はくの字の段になる。桂徳院である。昔は小さな門があったが、ことし（昭和五十四年）の台風で倒壊してすっぽぬけた道になっている。

　両側に枝ぶりのいい巨楓が数本あって、一棟の寺の玄関にいたる。いわゆる寺といってしまえば人はそり棟の本堂や庫裡のあるけしきを思いだすだろうが、ここはちょっとちがう。平べったい一棟の大きな屋根の家があるだけで、そり棟でも何でもない。玄関も、三和土も、ふつうの家の入口と大差はない。これが桂徳院だ。

　住職の天岡大英さんは、私が出家した相国寺山内塔頭瑞春院にいたころ、同じ山内の大光明寺にいた小僧仲間である。私の記憶にまちがいがなければ、彼は私より三歳上だが、同年同月の得度式だった。得度式というのは、小僧が正式に仏弟子となる儀式のことで、それぞれの師匠を戒師として、僧名をもらい、本山に出頭して、管長さまの前であいさつする。この時、自作の詩一篇を管長さまに献じる。こんなことをやった日に、天岡さんも、私と同じように新調した衣と袈裟をかけて、本山にいた記憶がかすかにある。しかし、このことは、私の記憶ちがいで、天岡さんは一年早い得度式だったかとも思う。いずれにしても、天岡さんの師匠はのちの相国寺管長大津瀝堂さんで、当時は大光明寺住職だった。私のいた瑞春院は、山盛松庵という和尚で、松庵師の方は妻帯されていたが、瀝堂師には細君はなく、また、当時師家だった山崎大耕老師から印可をもらっておられたので、同じ塔頭寺の住職でも、格がちがった。僧堂の師家になられる人だと、松庵師からも教わっていたので、瀝堂師の法弟である天岡さんを、私は畏敬したものだ。

室町小学校を卒えると、大徳寺よこの紫野中学に入学した。ここは、本山が徒弟教育のために建てた旧般若林の後身で、文部省の中学校全校制によって、中学に昇格していた。そこで、私は天岡さんと同級生になった。三つ年上なのにと面喰った。天岡さんは、どういうわけで、そんなことになったのだろう。たぶん、郷里（亀岡）で、高等科を卒えておられたから、年上でありながら、私らと同級になったのではないかと思う。私らといったが、ほかに、相国寺から通学する同級生がいた。同じ塔頭の方広寺の小僧で肥田といった。彼は住職の実子であった。さらに大光明寺から花房という上級生もいたが、私を入れて同級三人が、烏丸通りをよこぎり、新町に出て、妙顕寺から大宮通りに出て、船岡山、北大路に出て今宮神社参道に至り、大徳寺よこにある中学へゆきつく。このコースを毎日歩いた。登校も下校もいっしょだった。途中、鞍馬口智恵光院通りに近いところに、禅寺があって、そこから、久保田という同級生が加わった。肥田はおとなしい性格で、あまり物をいわず、いつもにやにやしていたし、久保田もどっちかというと物言わずの方だった。三人が皮靴をはいているのに、私だけゴム靴で、まだ、子供子供していたから、四人の大将は自然と、年上の天岡さんで、彼は何かとリードする立場にあった。彼は弁舌家で、おもしろい話をした。その話は政治、教育、宗教、女性、あらゆる分野にまたがっていて、すべて、彼らしい断定があっておもしろかった。私たちは、一時間近くかかる登下校のそのコースを、天岡さんの高説をききながら通ったのだった。

日によってはコースをかえることもあった。それは天岡さんの指示によるものだった。烏丸通りを北上して、北大路に至り、左折して、大徳寺前を通過するコースだ。この北大路通りは、まだ電車はなく、人家もまばらで、畑がつづいていたが、その畑の中に、四階建てのマーケットが建った。洋品・雑貨を売っていた。屋上へあがると、猿が十匹ほど金網に入れられていた。マーケットが客よびに飼育しているのだが、私たちは、売店を素通りして、よくその猿を見物にいった。もちろん、これは、朝の登校の時ではなく、放課後、下校する時だった。私たちは、また、烏丸通りを鞍馬口にきて左折して、大宮へ出た。鞍馬口には赤穂四十七士の墓のある寺があった。私たちは、何ということなしにその四十七士の墓を眺めて相国寺へ帰ったりした。日本社会党が健在で、選挙ともなると、水谷長三郎さんの立看板が、むやみやたらに、街辻に立っていた。

天岡さんとは、私が瑞春院を脱走して紫野中学を中退したために別れた。私は等持院に入ってからも、しばらく、紫野中学に通ったが、のち、花園中学にうつったのでお互い消息を絶った。一年のち紫野中学は廃校になって、金閣、銀閣、大徳寺その他の山内の小僧たちが十四、五名花園中学へ転入してきた。久保田や河北や、安木といった旧友と、再び同教室で勉学することになったが、天岡さんと肥田の顔はなかった。ふたりは、べつの中学へ転入したときいた。

私が天岡さんに会ったのは、それから、ざっと三十年ほど経ってからだった。私は作家になっていた。天岡さんは、室町小学校の教頭をしていた。不思議な縁だった。私の卒業した小学校の教頭職なのだった。ふたりは、共通してかかわる銀閣寺事件で顔をあわせた。

銀閣寺事件というのは、新聞をにぎわしたので、知る人も多いだろうが、昭和二十八、九年に起きた。当時銀閣寺住職だった管月泉師が、中京区在住の女性にわずか二十五万円ぐらいの金銭を与えて、スナックをひらかせたという行為を、僧侶にしては不行届の行為として断罪しようとした相国寺が、管師に「受付けはしない」という約束で進退伺を書かせ「受付けて」しまった事件である。管師は住職をやめるつもりはなかったが、世間をさわがせたことを恥じて、改悛の意を本山につたえ、すすめられるままに、進退伺を出した。ところが本山が受理して、管師を銀閣寺からしめ出し、奥さんや、二人の娘さんを庫裡の奥に軟禁し、管師を大光明寺に移し、管長だった大津瀝堂師が、一方的に晋山式をあげ、銀閣寺に乗りこんだ、という事件であった。それだけなら、事はあらだたなかったが、管師が、本山に約束を破られたのを不満とし、進退伺を出した時の心理に、銀閣寺をやめる意志はなかったことを主張し、本山側を告訴したことから、この事件は大きくなった。本山側は有名な松川裁判で、鬼検事の名を馳せた下飯坂氏を顧問弁護士として対抗、管師側も弁護陣を張って、京都地裁から、大阪高裁と二十年以上も、この裁判抗争はつづいて、大阪高裁では管師側が勝訴となったが、本山側はさらに控訴、つい、先年和解が成立した。成立した時は大津師も、管師も死去していた、という、不思議な寺宝収奪にからんだ、禅僧にはめずらしい権力闘争だった。

　天岡さんは、この事件を終始客観的に見ていて、銀閣寺管師側の証人として、本山側のやり方に反省をうながした闘士である。私は、この事件をモデルに『銀の庭』の執筆を意図していたので、天岡さんに会って、事件の真相をきく機会を得たが、天岡さんの口から、大津瀝堂師や本山側のやり方のみにくさをきくに及んで、啞然とせざるを得なかった。天岡さんは、中学生時分とかわらない弁舌でしゃべった。小さい時分から、大津師の徒弟として、大光明寺に育った体験もあるし、教職にあるから、本山にいて栄耀を求める人ではなかった。大原の貧寺に清貧を守っていたから、山内のどの僧よりも、客観的な立場だった。彼が大阪高裁で証人として、発言した記録をよむと、あたかも、相国寺という寺が、どのような権力志向をもち、観光料の多い金閣、銀閣の収入に目をとられて、拝金主義に堕ちこんできたかの歴史を絵説きされる。もちろん、天岡さんの証言は功を奏して、管師側を有利にもちこんだのである。

私は、三十年ももっと前に、天岡さんと一しょに、紫野中学へ通った日々のことを思いおこしながら、天岡さんの銀閣寺事件に執心する熱意の裏側を考えてきた。彼は、いってみれば、相国寺に育った僧侶として、その相国寺に刃向っているのだから、異端者だった。異端者の名を、また、彼は快しとして、児童教育に専念、とうとう、室町小学校校長の椅子について、停年までつとめ、辞めてからも、京都市の社会教育の先立ちとして、日々、講演に歩いている。

私が再会したころは、天岡さんは、オートバイに乗っていた。桂徳院住職でありながら、現世の修羅を走りまわっていた。

禅僧には二つの型がある。本山の組織の中で生き、葬式仏教を快しとして、檀家に段階をつけ、また死人にも戒名で段階をつけて、布施をむさぼる生き方と、もう一つは、組織や伽藍を誇ることをきらい、破れ寺をよしとして、身は、民衆の中に入って、仏教を身現してみせ、教育者となる。天岡さんは後者の僧だ。

桂徳院はその天岡さんの住職する寺である。隣の寂光院は、マイクロバスも出るほどの観光客でにぎわい、絵はがきや、土産物を売る店が林立しているが、桂徳院にはそれがない。もちろん、寺格もちがって、大原の貧寺にすぎないが、天岡さんにいわせると、寺は貧しい方がいいそうだ。

　私は偶然、この秋末に桂徳院を訪れた際、台風直後のこととて、裏山の大杉が寺の屋根に倒れて、大穴があき、門も吹っとんだあとを、天岡さんがとりあえずの修理を終え、大工さんと庭で一服している時だった。

「えらいことになったですね」

「ああ、えらいことになりましたわ」

　と天岡さんはいった。裏の巨大杉は何本も伐られて倒れていた。庭も、畑も、荒涼たる感じだった。天岡さんは、その庭へ、床机をもちだして、私にビールをご馳走してくれた。

「寺の敷地はどれくらいあるんですか」

「さあ、はかったことがないからわからない」

　と天岡さんは憮然としていった。自分の寺の敷地や境界について、知識がないというのだった。こんな和尚もめずらしい。私は桂徳院が相国寺派の末寺であるということをきいているだけで、開山の和尚は誰であるのかきいたこともないのだった。寂光院のわきの高台に、禅寺が一つ建っていることぐらいしか知らなかった。天岡さんはいった。

「この寺の地所は、この村のものです。大勢の檀家の有志が連名で所有しているんです。つまりいちばん、理想的なあり方ですよ。もともと、寺ちゅうもんはそれでいいんです。坊主が、

慈照寺拝観閉扉（1985）

何やかや、伽藍や地所をもちたがるところから心がくさってくる。人のものなら、あっさりしていて、欲しいともひろげようとも思わんです」

荒れた庭の下は、一だんさがって、今どき、めずらしい茅ぶき入母屋の人家が、何軒もみえる。それらの家は、軒三尺だけ瓦をふいたり、あるいは、青苔を生やしたままの大屋根を誇って、向いの山へせりあがっている。家々は段々になってある。いくらか霧が出てきたので、それらの家の遠景は乳いろだった。この眺望はよかった。垣をもたぬ桂徳院はつまり大原の風光をひと抱えにして静かにあった。

「ここにある鉄椅子……いいでしょう」

と天岡さんはいった。静原へ出かけて、途中に捨ててあったのを拾ってきたのだそうだ。丸い鉄製の椅子は二つ、ウチワの骨をひろげたように錆びていたが、庭の入口におくとそれはそれで、よい眺めだった。縁先に、大根とかぶらが干してある。閑雅なこの景色は、天岡さんの奥さんの丹精する畑の生産物である。すでに、都の本山ではみることのできない百丈和尚の、「一日作さざれば一日喰わず」の生活である。天岡さんは、トレパン姿で、いまし方まで畑の芋ほりをしていた、といった。

私は天岡さんの桂徳院を辞して、大原の村の辻にある「おつうの森」へいった。ここは竜王がまつられている。私の在所若狭とかかわりのある女性の哀史が小さな石碑の裏側にある。若狭の殿様は酒井さまで、維新直前は、所司代をつとめたので京都住まいだった。小浜に居城はあるが、京都の警視総監みたいな官職だったし、また、当時は、長州藩士や薩摩藩士が市内で荒れ狂っていたので、苦労もあったらしい。その酒井忠義が、ある一日、小浜へ帰城することになって、大原街道を北上してくると、道ばたに妙齢の娘が伏していた。殿さまのお通りだから、百姓の娘が伏していて不思議はないのだが、忠義公は、その美しさに心をうばわれて、若狭へつれて帰った。娘はおつうという。大原の貧しい農家の子だった。

娘は若狭にきて、殿さまの囲い女になった。ところが、若狭には本妻がいた。北の方という立場の女性である。夫が、赴任地京都からつれてきた美貌の娘に心をとられているのは、北の方にはおもしろくない。それで、何かにつけて、おつうをいじめた。おつうは、殿さまのいいつけで、小浜まできて、寵愛は得たものの、針のむしろの生活に、一日一日容貌をかえていった。

このおつうが、小浜から、憔悴して帰ったのは、つれられていった年から何年目だったか、はっきりしない。三年ぐらいだったようだ。酒井忠義は、所司代をながくつとめた故に、たまの帰国も、四、五日でまた京都へもどったものと思われるが、おつうはその京都入りの際に、忠義についてきたか、あるいは、小浜の屋敷にのこっていたために、北の方から、ひどい仕打ちをうけてひとり逃げてきたかそこのところを記す資料はない。とにかく、おつうは、しおたれた見るもむざんな姿で、大原へ帰ってきて、若狭の殿さまを恨んで大原川に投身して死んだ。

村の人々はもちろん、おつうが若狭でどのような目にあってきたかしらなかった。おつうは死んでから竜に化身して、毎年、大原の田園に大水を流した。閑雅な村に飢饉がつづいた。おつうのたたりだ、怨霊をしずめねばと、村人たちは、村なかの森に、おつうをまつって、竜王とし、平穏を祈願した。祈願すると、大雨はとまった。

おつうがなぜ、大原へもどって、田畑をあらす大雨の神の化身となったのか、理由はわからない。古老の話では、おつうが帰ってから、村の人々もよくいわず、在所もまた、おつうに針のむしろだったようだ。あり得る話である。

若狭は大原を通りすぎて、古知谷の阿弥陀寺前を、途中峠に至れば、朽木谷を経て、すぐ指呼の間である。あるいは、花背の峠をこえれば、鞍馬のうらへ出て弓削だった。いまの周山街道と合流して、小浜へ出る堀越峠への道がある。酒井忠義やおつうが、どの道を通って若狭を往還したかしらぬが、大原の北にかさなる山を眺めていると、北の果ては、若狭の空につながっている。おつうが大原へ帰って、日がな若狭を恨んでくらしたけしきを想像すると、この竜王の森のことを、「おつうの森」とよんで、守ってきた大原の人々の、素朴なもう一つの風土がわかりかけてくる。

誰もが大原を美しい里だという。三千院や、寂光院の、たたずまいに、息を吞んで、京の深さを思う。私もその一人である。古知谷の阿弥陀寺もまた幽明境に思えて、都の奥の院のような気がしないでもない。「平家物語」は建礼門院の大原御幸を美しくかなでて、諸行無常の寂美をもりあげる。私たちは、古典にいざなわれて、大原の雅びなたたずまいに魅せられるのだが、近世史の裏側で、もう一人の娘が泣いていた歴史について考えをめぐらす人は少ない。

若狭は、大原を通って都につながった時代があった。だから、いまも、土地の人は大原の街道を若狭街道とよぶ。その途中に、「馬返し」という曲り角がある。馬をかえして、籠になったのだろう。おつうが、殿さまの眼に入ったのはその時か。くわしいことをつたえる書物はない。私はただ古老の話と、おつうの森のいくらかの欅(けやき)と椎、松が、こんもり茂っている林なかに竜王神の石柱をみつめて合掌して大原をあとにする。

天岡さんの桂徳院と、おつうの森は、若狭を出て小僧になって以来、いつも都の北につながっていた空の下なので、格別の思いがしないでもない。人は、そこに住む人とのもう一つの歴史とつながって、格別の風光に心を宿して死ぬのだろう。

大原は寂光院よりも、桂徳院につながって心は傾き、また、三千院や古知谷よりも、村なかの森に眠る娘に、生々(しょうじょう)としてくる。

京の人びと 京の風光

私が故郷を捨てて京都へ行ったのは、九歳の時で、そしてその京都を捨てて東京へ出たのは二十一歳の時だから、ざっと十二年。しかもこの十二年は人間にとって精神形成期でもあり、大事な時期だったといえるから、京都の人びとや、京都の風光が私にあたえたものは大きく、大きいというよりは、ふかく根づよいものになってしまっていることに気づいている。だいいち、私はいま物を書いて生きているのだが、物を書く以上、私のことばというものが、道具である。そのことばに、京都が影響して、書く物にいろいろなかたちで、京都はかぶさったり、あるいは芽をふいたりしてくる。はっきりいえば、京都をはなれて私はあり得なかった。

　私はよく人にもいうのだが、若狭の寒村に球根をもらって、九歳で京都の禅寺という植木鉢に移植されたが、そこで、仏教の肥やしをもらって育ったものの、やがて、その植木鉢をとび出て、吹きっさらしの京都を転々、枯死しそうになったのが、ようようまた芽ぶいて、どうやら、ひとり歩きできるようになって東京という畑へきて、いま、六十一歳になっているのである。性根の根のところは若狭だが、根に皮を着せてもらった京都は、今日もひきずる私の球根の古皮として、固くあるということである。

　だから、たまに京都へゆくと、複雑な思いがたちこめる。古い地図をたよりに、この一年間をぶらぶら歩きで、忘れかけていた知人や場所に足をとどめて感懐を誌してきたわけだが、いま、それらの歩いた先をふりかえると、私に古皮をくれた人々が、じつは京都に住んでいるけれども、私と同じように、京都に生れていなくて、よそから京にきて、京に根づいている人々だったことに、また感懐をあらたにしている。

早い話が、最初に、九歳の時私の面倒をみてもらった瑞春院の山盛松庵師は愛知県知多郡の出身だった。ついで等持院の二階堂竺源老師は越前勝山出身だった。つまり、私が二十歳まで、禅寺で教育をうけた師たちは、みな、他国に球根をもらって京都で育たれた方なのだった。さらに、またその寺で、私とめぐりあった小僧たち、先輩の雲水たちも、みな、近江、美濃、但馬、丹波、丹後といった近在の地に生れた人々だった。これを考えると、私の周囲には、根っからの京都人は少なかった気がするのである。また、このことは、仏教界ばかりでなく、檀家はもちろんだが、たとえば、私の伯父堀口順吉が住んでいた八条坊城かいわいのことを思いだしてみても、伯父は若狭出身だし、右隣の漬物屋は近江出身だったし、左隣りの雑貨屋は兵庫県出身だったし、薬局才天堂のお爺さんも、どこかのなまりがあった記憶がある。道俗あわせてみな、他郷から京都にきて根をはっていた人々が多いのだ。ところが、女性について考えてみると、不思議に、京都に生れた人が多かった。

先ず、瑞春院の奥さまの多津子さんが千本丸太町の生れで純粋の京女だったし、八条の雑貨屋の奥さまも、薬局の奥さまも、京都生れだった。また中学時代、立命館時代にすれちがった女性たちの中にも、京都生れが多かった。片よった見方かもしれぬが、男性たちは、みなよその国から京へきて一家をなし、女性たちが京でその男性たちを迎えて、結婚し、あるいは、そこで働いたりしていたふうに思われないでもない。ということは、私の周囲にいた男性は京女をもらって一家をなした人が多かったというのである。

いま、私は東京に住んで、よく友人たちが、京都人とおしなべて物をいう時に、ちょっとこだわるのだ。あるいは京の女はとか、京の男はね、といったふうに、京都に住む女と男を、ひとしなみに考えて、発言しているときに、ちょっとこだわる。純粋の京都人が、ずいぶん少なかったことに、私は思いをふかめるからである。

あるいはこれは、私が、若狭に生れ育った場所が片よっていたから、そこには私のようなよそ人が多くいたせいからかもしれない。これが、たとえば、西陣か室町へ丁稚にいっていれば、軒なみ、古くは平安から、新しくて江戸期からの京の旦那さま方の顔にも接し、古い形の家や、そこに育った女性に接する機会が出来たかもしれぬが、私には不思議と、よそ者が京の風光に染って生きる姿が多く見られた。そのために、かんたんに京都人はとしめくくる人にこだわってきたのだろう。

だが、それにしても、もう一つ不思議なことは、東京で考えるような植民地的風景が京都にはなくて、よそからきた男性でも、女性でも、京にくらしているうちに、妙に京人らしくなっていることである。このあたりのニュアンスはよく説明しないとわからないが、つまり、もってきた球根をそれぞれの奉公先の植木鉢で育ててもらったにしても、共通して京の土壌が、人間を変えている部分がたしかに見られたということである。のちにそこらじゅうを旅して歩いた私が、いま東京や信州に住んで、そこの人びとと比べて、京に住む人がたとえ他郷からきていたにしても、よく同化している姿に京の土の力といったものを感じるようになったのはこの経過である。

かりにいま、私は、祇園や先斗町へも出入りして、多少の知識も得るようになった。花街は女性天国である。男性がいないというわけではないが、たいがいは奥にかくれていて、茶屋も置き屋も料亭も女性ばかりだが、そこをよく見つめていると、あながち、これらの女性がみな京に生れているとはかぎらない。

いい例証が一つある。十数年前に、祇園で火事があって年若い芸妓さんが焼死して火元だった家の女将が疏水へとび込み自殺をはかった新聞記事が出た。古い茶屋と、芸妓という組みあわせはいかにも、京女たちのかぶったかなしい火の粉とうつったが、記事が、死亡した芸妓の本名と本籍地を発表した時に、私はびっくりした。妓はふたりとも九州の出身で、つまり青田刈りの子らで、中卒でつれてこられ、踊りや華をならい、茶屋のしつけで成人していることがわかった。純粋な京女ではないが、京の花街に生きていたのである。私はその日以来、新聞や雑誌のグラビアに出る京の舞妓を眺めて、ふとこの火事の記事をかさねて、この舞妓さんは、どこからきているひとか、と見るようになった。

　つまり、京はこのような奉公人といえば古風すぎるが、よそからきて、京の風土に培われている人々の多い街といえるだろう。近松秋江（しゅうこう）が四部作で、東京に住む作家が、京の祇園下河原に住む芸妓にうまくあしらわれて京女の裏のねっとりした闇がわからずに、ふりまわされて、心を燃す名品を書いたが、あの女主人公も純粋の京女だったかというとそうではなかった。私の記憶にまちがいがなければ、たぶん、奈良に向う木津川の上流の出身だった気がするが。

　京都というところは、つまり、近松秋江をしても、不思議な女性と思わしめる女性を培う土をもっていて、そうして、街のけしきはいうに及ばず、そこにつれだって生きる人々をも、ある色合いにぬりつぶして見せるのである。花街はとりわけて、そこで働く下男や、板前や、丁稚をさえも、その花街の雰囲気のなかにつつんで、女性たちもまたそこでなければならぬ、雰囲気と装いを身につけて生き生きしている。いってみれば、妙な植木鉢だ。

　京ぜんたいが、そういう土壌をつめこんだ古い植木鉢といってしまえば話はつまるが、いちがいにそうともいえぬ不思議な風光をもって、私たち旅人をいざなうのである。もちろん、私はただ風光ばかりに心をとられるわけはない。そこに住む人とまじわり、あるいはそこに己を没入させて、美しいけしきが自分の心のものとなって、ちょうど、人物や動物が背景にとけているように、京都というぜんたい像の中で、人とけしきを生き生きとみている。

こう考えてくると京の力というものがはっきりするが、それはやはり伝統文化力ということになる。伝統といってしまうとこれはまた逃げてゆくものがあるので、古い根っこからの京都人の住む家々と、それをとりまく風習といってもよい。たとえば、室町や西陣にそういう家がある。中京にはとりわけて多い。伝統の古い家は、彼らだけのもつ京の暦の中を生きている。明治以後の入京組たちに見ることの出来ない慣習である。たとえば、杉本秀太郎氏の『洛中生息』二巻にくわしいように、古い京都人でなければ気づかぬ町々の隅っこにある祭り、それは時代や祇園祭といった大祭ではないのである。小さな祠(ほこら)にまつわってそこに住む人々のやすらぎの暦に生きる祭りのことをいう。あるいは、川なり橋なり辻なり、家なりにまつわる歴史の重みも古い人たちにだけの瞼にある様子である。一条戻り橋に象徴されるように、鬼女も、天皇も、町人も乞食もそこを歩いて、歴史に影を彫みつけている。そういう物が、この街にはいっぱいあって、古い人たちは、それを守っているのである。新しい人はその重みを知らないというより、その歴史とともに生きた血の袋をもたぬからすぐこわして、つくりかえる。古い人はそんなことはしない。こわすことは、己の死を意味するからである。杉本秀太郎氏の諸文をよんで、私はそういうことを教えられたが、この一種の京都人の頑固さもじつは、それらの人をとりまく地方人によって守られてきたこともまたわかるのだ。つまり奉公人が主家を守りたてた歴史がもうひとつこの裏側にあって、奉公人の屍の上に、主家の繁栄があるといえば、ことばはつよすぎるが、栄枯があったことは確かである。近松門左衛門は、『大経師昔暦』でそのありようを強烈にとらえている。以春という御所に出入りもできる帯刀の経師屋主人が、地方からきた女中お玉に手をつけて、そのことで苦しんだ女房おさんが、丹波柏原出身の手代茂兵衛と姦通のぬれ衣を着せられる経過を人形に託して、京の老舗のありようをえぐっている。地方人茂兵衛は、最後に在所柏原で捕われて、京をひきまわされるという物語である。つまり、平安時代から、ここに都があって、御所を中心にさかえた商人、あるいは、御所に生きた公家たちがまたこの御所、公家とまじわって興隆させた宗教、つまり寺院、神社、その寺院神社の暦とともに生きる職人たち。京の土はメロンの肌のような小じわの毛根によってむすばれて、この雅で、複雑で、闇のように暗くて、また、きらきらと華やぐ古都を培ってきたのであろう。そういう土が頑固な人間を育てぬはずはないし、風流な人間も育てぬはずはない。つまり、ここには一流の頑固人と風流人と商人が住んでいて、そういう人々が暦を守ったのである。

奉公人の歴史は古い。平安期の白拍子が田舎出の女性だったように、京は大勢の地方女性を呑みこんできた。男性もまた然りである。お玉も茂兵衛も在所をもっていたように、京にきて命を果てたが、それからずっと私たちの時代まで、この古都は地方の人を呑んで息づいてきた。

花街の芸妓たちが九州出身であり、四条や河原町の夜の店のホステスが地方からきていて不思議は何ひとつない。これは伝統だろう。すると、私たちは、京の街の、あるいは京の人という時に、既にその人々の混在を考えていわないと、手もとがくるってくる。京女、京男と、かんたんにしめくくれないぞ、といったのはこの所謂である。

私はさいきん、『金閣炎上』を書いて、昭和二十五年七月に起きた不幸な事件の裏側にひそむ人間と人間のきしみについて少し考察してみた。金閣は歴史家のいうとおり、足利義満の建立したものであって、もとは、北山第、西園寺家の別荘だったところを義満があのように、権力者の荘にしたのだが、彼の死とともに寺となって、鹿苑寺とよばれ、菩提寺として、相国寺派別格地となった。つまり、歴史をさかのぼれば、公家さんの別邸が寺になったのだから、もともと、あの土地に寺があったわけではない。舎利殿金閣もまた仏殿ではなく、あの建物は義満が池に舟をうかべて酒宴をもよおした場所である。白拍子も大勢いて三絃を奏でて、日夜、金閣と鏡湖池が、殿上人や僧侶や、武将の遊興にあてられた物語は『足利治乱記』にくわしい。そういう古い名残りをもつ金閣が、ざっと六百年後に一人の青年僧（金閣寺の小僧だった）によって焼かれたのだった。この青年僧は、私の故郷若狭に近い丹後出身だったのである。この事件は、つまり、このように書いてくると、京都でなければ起きなかった事件である。京都の土壌が、培い育てた事件である。ふつうの都会に起きている単なる寺院のつけ火とちがう。根がふかい。つまり北山第の頃からつながって、息づいてきた上層階級へ奉公人が投げつけた火であったとみてよい。経師屋の茂兵衛が、以春の店に火をつけたといえばたとえになるかもしれぬが、それともまたちがって一介の職人でなく、それが当時は宮廷仏教でもあった禅宗派であり、その伝統が、そういう小僧を養育していたという時代背景が、私に興味があったのである。

物語に登場した京都は、古くから文学の舞台だった。源氏も方丈記もそうだったし沙石集も、梁塵秘抄もそうだった。あらゆる古典は、京都を描いた。風物を人間を描いた。戦記物すらも京都を逃げては描けなかった。平家も増鏡も大鏡もすべて京都であった。さらに近世以後、谷崎潤一郎も長田幹彦も、近松秋江も、吉井勇も、川端康成も、大佛次郎も京を描いた。もちろん一級品の文学もあった。ところが、これらの作品によく眼をすえて、いま考えてきたような京の土のふかさ、根のつよさみたいなもの、地下茎のようなものが、この古都を息づかせている世界に分け入った作品というと数少ない。明治以後は、ほとんど旅人の眼にうつった世界といえぬことはない。『古都』も『帰郷』も『黒髪』も、そういえば、旅人の眼にうつった京都だろう。これらの作品が、読書子にもてはやされたにかかわらず京都人をゆりうごかさなかったのはわけがあろう。むしろ、私には、西口克己氏の『祇園祭』や田村喜子の『むろまち』に京の地下茎を見る思いが少しはある。文学もまた二派に分れて、奥ぶかい京の土壌に喰いこんでの格闘だった。

それでは私はどうか。問われれば、地下茎を踏んまえた上での物語を好んできた。旅人の眼にうつった物語には惹かれなかった。つまり、二十歳まで京でくらし、古い京都人の願い、つよさ、頑固さ、哀れさ、をよく見せられ、地方人つまり奉公人のはかない生死を見てきた私にとっては、むしろ近松門左衛門の文学が、もっとも身近に感じられた。それ故、死にもまた、そういうふうな美学というと大げさだが思いをこめて書いた作品を手がけた。『金閣炎上』も『五番町夕霧楼』も『雁の寺』も『西陣の蝶』も、私は、いくらかでも旅窓から降りて、地べたを見つめながら書いたつもりだった。こういうことを教えたのも、すべて京都なのである。東京で教わったものではない。京都にながく住み、その精神形成期をあずけてきたから、私の思いの中に、そういうことが芽ぶいて、物語とするかなしみ、喜びがもてたといいかえていい。

こう考えてくると、瑞春院も、等持院も、八条坊城の六孫裏(ろくそん)も、五番町遊廓も、西陣機屋(はたや)町も、私にとっては、どれひとつこぼしてはならない大事な街であり寺でありしてくる。そうして、それはいつまでも、心の奥のひき出しにあって、いつでも、とりだして見ることのできるカラー写真のネガみたいなものだ。ネガをみていると、京の風光は私にかけがえのない人の生死をまつわらせ、私という人間をひきもどし、かつまた、今日生きていることのありがたさを噛みしめさせる。

私のように、九歳から家を出て、二十歳まで他郷の植木鉢で球根を育てた人は多かろう。各地にそれはある。広島で、東京で、松江で。どの地方都市にもそれぞれの文化力や、絵柄はあってそれがその人の血とつながって生きてきたことを認めるが、京都をもった私の場合は幸福だったといえるかもしれない。あらゆる古典や物語が、いまも、川や橋に息づいている。超一流の文化都市だ。千年の歳月を、その日常に味わえる魂を生育させられる、こんな都は日本には他にないからである。死ぬ時にも、私は、京都での二、三のスナップ写真を瞼にうかべて息をひきとるかもしれない。愛憎もつれあって、悲しみも喜びも、吸いこんでいるつめたい土壌の街だけれども、いつまでたっても、この古都は私から消えぬ。

P+D BOOKS ラインアップ

別れる理由 1　小島信夫　●伝統的な小説手法を粉砕した大作の序章

別れる理由 2　小島信夫　●永造の「姦通」の過去が赤裸々に描かれる

別れる理由 3　小島信夫　●「夢くさいぞ」の一言から幻想の舞台劇へ

別れる理由 4　小島信夫　●「夢くさい世界」で女に、虫に、馬になる永造

別れる理由 5　小島信夫　●アキレスの名馬に変身した永造だったが…

別れる理由 6　小島信夫　●最終巻は〝メタフィクション〟の世界へ

P+D BOOKS ラインアップ

女誡扇綺譚・田園の憂鬱	佐藤春夫	● 廃墟に「荒廃の美」を見出す幻想小説等5篇
サムライの末裔	芹沢光治良	● 被爆者の人生を辿り仏訳もされた〝魂の告発〟
津田梅子	大庭みな子	● 女子教育の先駆者を描いた〝傑作評伝〟
四季	中村真一郎	● 失われた青春を探しに懐かしの地へ向かう男
白く塗りたる墓・もう一つの絆	高橋和巳	● 高橋和巳晩年の未完作品2篇カップリング
誘惑者	高橋たか子	● 自殺幇助女性の心理ドラマを描く著者代表作

P+D BOOKS ラインアップ

残りの雪（上）	立原正秋	● 古都鎌倉に美しく燃え上がる宿命的な愛
残りの雪（下）	立原正秋	● 里子と坂西の愛欲の日々が終焉に近づく
剣ケ崎・白い罌粟	立原正秋	● 直木賞受賞作含む、立原正秋の代表的短編集
サド復活	澁澤龍彥	● サド的明晰性につらぬかれたエッセイ集
マルジナリア	澁澤龍彥	● 欄外の余白（マルジナリア）鏤刻の小宇宙
都心ノ病院ニテ幻覚ヲ見タルコト	澁澤龍彥	● 澁澤龍彥が最後に描いた〝偏愛の世界〟随筆集

P+D BOOKS ラインアップ

私版 京都図絵	水上 勉	作家人生の礎となった地を、随筆と絵で辿る
秋夜	水上 勉	闇に押し込めた過去が露わに…凛烈な私小説
五番町夕霧楼	水上 勉	映画化もされた不朽の名作がここに甦る！
ややのはなし	吉行淳之介	軽妙洒脱に綴った、晩年の短文随筆集
焔の中	吉行淳之介	青春＝戦時下だった吉行の半自伝的小説
男と女の子	吉行淳之介	吉行文学の真骨頂、繊細な男の心模様を描く

P+D BOOKS ラインアップ

居酒屋兆治	山口 瞳	●高倉健主演映画原作。居酒屋に集う人間愛憎劇
血族	山口 瞳	●亡き母が隠し続けた私の「出生秘密」
家族	山口 瞳	●父の実像を凝視する『血族』の続編的長編
単純な生活	阿部 昭	●静かに淡々と綴られる〝自然と人生〟の日々
青い山脈	石坂洋次郎	●戦後ベストセラーの先駆け傑作〝青春文学〟
夢の浮橋	倉橋由美子	●両親たちの夫婦交換遊戯を知った二人は…

P+D BOOKS ラインアップ

城の中の城	倉橋由美子	シリーズ第2弾は家庭内〝宗教戦争〟がテーマ
交歓	倉橋由美子	秘密クラブで展開される華麗な「交歓」を描く
アマノン国往還記	倉橋由美子	女だけの国で奮闘する宣教師の「革命」とは
記念碑	堀田善衞	戦中インテリの日和見を暴く問題作の第一部
花筐	檀一雄	大林監督が映画化、青春の記念碑作「花筐」
小説 太宰治	檀一雄	〝天才〟作家と過ごした「文学的青春」回想録

P+D BOOKS ラインアップ

四十八歳の抵抗	石川達三	●中年の危機を描き流行語にもなった佳品
強力伝	新田次郎	●「強力伝」ほか4篇、新田次郎山岳小説傑作選
ア・ルース・ボーイ	佐伯一麦	●〝私小説の書き手〟佐伯一麦が描く青春小説
マリリン・モンロー・ノー・リターン	野坂昭如	●多面的な世界観に満ちたオリジナル短編集
時代屋の女房	村松友視	●骨董店を舞台に男女の静謐な愛の持続を描く
辻音楽師の唄	長部日出雄	●同郷の後輩作家が綴る太宰治の青春時代

P+D BOOKS ラインアップ

桜桃とキリスト（上）	長部日出雄	キリスト教の影響を受け始めた三鷹時代の太宰
桜桃とキリスト（下）	長部日出雄	絶頂期の中〝地上の別れ〟へ進む姿を描く
宣告（上）	加賀乙彦	死刑囚の実態に迫る現代の〝死の家の記録〟
宣告（中）	加賀乙彦	死刑確定後独房で過ごす青年の魂の劇を描く
宣告（下）	加賀乙彦	遂に〝その日〟を迎えた青年の精神の軌跡
フランドルの冬	加賀乙彦	仏北部の精神病院で繰り広げられる心理劇

P+D BOOKS ラインアップ

人間滅亡の唄　深沢七郎　●〝異彩〟の作家が「独自の生」を語るエッセイ集

ばれてもともと　色川武大　●色川武大からの〝最後の贈り物〟エッセイ集

楊梅の熟れる頃　宮尾登美子　●土佐の13人の女たちから紡いだ13の物語

記憶の断片　宮尾登美子　●作家生活の機微や日常を綴った珠玉の随筆集

幼児狩り・蟹　河野多恵子　●芥川賞受賞作「蟹」など初期短篇6作収録

ウホッッホ探険隊　干刈あがた　●離婚を機に始まる家族の優しく切ない物語

P+D BOOKS ラインアップ

海市	福永武彦	●親友の妻に溺れる画家の退廃と絶望を描く
風土	福永武彦	●芸術家の苦悩を描いた著者の処女長編作
夜の三部作	福永武彦	●人間の〝暗黒意識〟を主題に描く三部作
夢見る少年の昼と夜	福永武彦	●〝ロマネスクな短篇〟14作を収録
加田伶太郎 作品集	福永武彦	●福永武彦〝加田伶太郎名〟珠玉の探偵小説集
廃市	福永武彦	●退廃的な田舎町で過ごす青年のひと夏を描く

P+D BOOKS ラインアップ

罪喰い	赤江 瀑	〝夢幻が彷徨い時空を超える〟初期代表短編集
春喪祭	赤江 瀑	長谷寺に咲く牡丹の香りと〝妖かしの世界〟
金環食の影飾り	赤江 瀑	現代の物語と新作歌舞伎〝二重構造〟の悲話
おバカさん	遠藤周作	純なナポレオンの末裔が珍事を巻き起こす
銃と十字架	遠藤周作	初めて司祭となった日本人の生涯を描く
ヘチマくん	遠藤周作	太閤秀吉の末裔が巻き込まれた事件とは？

P+D BOOKS ラインアップ

フランスの大学生	遠藤周作	●仏留学生活を若々しい感受性で描いた処女作品
春の道標	黒井千次	●筆者が自身になぞって描く傑作〝青春小説〟
黄金の樹	黒井千次	●揺れ動く青春群像。「春の道標」の後日譚
快楽(上)	武田泰淳	●若き仏教僧の懊悩を描いた筆者の自伝的巨編
快楽(下)	武田泰淳	●教団活動と左翼運動の境界に身をおく主人公
上海の螢・審判	武田泰淳	●戦中戦後の上海を描く二編が甦る!

（お断り）

本書は1986年に福武書店より発刊された文庫を底本としております。あきらかに間違いと思われるものについては訂正いたしましたが、基本的には底本にしたがっております。また、一部の固有名詞や難読漢字には編集部で振り仮名を振っています。本文中には産婆、女中、床屋、坊主、つれ子、外人、浮浪者、乞食、老婆、びっこ、不具、部落、精薄、農夫、百姓などの言葉や人種・身分・職業・身体等に関する表現で、現在からみれば、不当、不適切と思われる箇所がありますが、著者に差別的意図のないこと、時代背景と作品価値とを鑑み、著者が故人でもあるため、原文のままにしております。差別や侮蔑の助長、温存を意図するものでないことをご理解ください。

水上 勉（みずかみ つとむ）
1919年（大正８年）３月８日—2004年（平成16年）９月８日、享年85。福井県出身。1961年『雁の寺』で第45回直木賞を受賞。代表作に『飢餓海峡』『金閣炎上』などがある。

P+D BOOKS

ピー プラス ディー ブックス

P+Dとはペーパーバックとデジタルの略称です。
後世に受け継がれるべき名作でありながら、現在入手困難となっている作品を、
B6判ペーパーバック書籍と電子書籍で、同時かつ同価格にて発売·配信する、
小学館のまったく新しいスタイルのブックレーベルです。

私版　京都図絵

2020年1月14日　初版第1刷発行
2023年11月7日　第3刷発行

著者　水上　勉
発行人　石川和男
発行所　株式会社　小学館
〒101-8001
東京都千代田区一ツ橋2-3-1
電話　編集　03-3230-9355
販売　03-5281-3555
印刷所　大日本印刷株式会社
製本所　大日本印刷株式会社
装丁　おおうちおさむ（ナノナノグラフィックス）

ISBN978-4-09-352382-0

P+D BOOKS